庫

pray《プレイ》 human《ヒューマン》

崔《チエ》実《シル》

講談社

pray human

第一章

君、わたしはとうとう誰とも口を利かなくなってしまった。下手に返答したり、空笑いなんかすると相手は大抵話し続けてしまうから、うん、そうね、ああ、そりゃ良かったね、なんてことも言わない。時折、首を左に捻《ひね》ったり、右に捻ったり、両眉を持ち上げたりするだけ。ひどい頭痛がするんだ、ごくたまにそう言い訳をする。わたしが口を開くとき、それは息を吸い込むときだ。直前にくらっと眩暈《めまい》がして倒れそうになるから、いつも慌てて口を開いて呼吸をする。しばらくずっとそのまま。なに、よだれが垂れたら拭けばいい。馬鹿みたいな顔をしないで、と文句を付ける人はいない。わたしは長いこと一人でいるし、呼吸の仕方も忘れてしまった、ただそれだけだ。

しかし、本当に何もかも忘れてしまったみたいだ。医者も似たようなことを言っていた。どうも最近、無呼吸の人間が増えている、と。我々が進化しようとしている訳じゃないらしい。とっても悪いことのように言っていたから。けれども、わたしの脳みそは常に活動している。存分に活用していなくても、脳みその存在は感じる。水分をたらふく含んで破裂しそうさ。ああとても厄介だ。机にコップを置くときなど、音がやたらと響くようになった。特に、ガラスの天板やステンレスのキッチン台なんて最悪だ。アルミ製の物からも、なるべく遠ざかるようになった。でも、下手に意識しすぎたせいで、今じゃ銀色のものを一目見ただけで死にたくなってしまう。銀色のものが傍《そば》にあると、鐘の中に押し込められたみたいに頭蓋骨を叩き割るような頭痛に襲われる。わたしは両手で耳を塞《ふさ》いで、びくびくうずくまる。ああ脳みそをえぐりだしてくれ！　わたしは泣く。レクター博士にくれてやる！　どうか食べてしまってくれ。それとも、わたしの脳みそは美味しくないだろうか。自信がなくなる。君、わたしはもしかしたらまた近いうち、精神病院に戻るかもしれないよ。

一体なんでこんなことになってしまったのか、よく考えるようになった。でも、胸の内じゃ、本当は解っている。ただ上手く事物をまとめられなくて困惑しているだけなんだ。赤ん坊みたいに感情ばかりが溢《あふ》れて、言葉が見つけられなくて、じたばたしているだけなんだ。吐き出せ、声を持て、この屑《くず》め、と自分にそう詰め寄り、尻を叩き、責め立てさえしなければ、とても穏やかに、とても楽にやっているはずだよ。

わたしは相変わらず全ての事物を反芻《はんすう》して生きている。まったくお手上げなんだ。参った。いつまでも自分の尻尾を追いかけて、ぐるぐる回っているんだ。そのことに全然気付かずにいたんだから、人間の習性やら習慣ってやつは侮《あなど》れない。もう骨の髄まで染みついてしまっている。二度と同じことはすまいと誓っても、積み重ねた己の本能の方がどうしても勝ってしまう。わたしは永遠に自分自身の奴隷だ。首の縄は一生外れないだろう。わたしが意気地なしだからさ。自然と馴染《なじ》みのある香りの方へ向かってしまう。この森から抜け出す手はどうやら無さそうだ、そう一日に十回は考える。

「同じ場所にいるようでも、少しずつ階段を上がっている。きっと俯《うつむ》いてばかりで、周りの景色やなんかを気に留めずにいたから、一段、また一段と歩を進めていたことに気付かずにいただけよ」

君がまたそう言い出したら、わたしはまた君に枕を投げつけてやる。

「わたしは、そんな話がしたいんじゃない！」

と。今も酔っているのだろうか。自分のつまらない苦労やなんかにさ。少しばかり酔っている時期かもしれない。じゃなきゃ、やっていけないときがある。君なら解ってくれるだろう？　他の人より少々特別な苦労を課せられた、そんな追想に耽《ふけ》る時間もちょっとはないと十代を生き延びて二十歳になることはひどく困難だったし、いつの間にか三十になり、あっという間に四十を迎えることも難しそうなんだ。そんな時期が季節のように廻《めぐ》ってくる。

☽

精神病院では、よく担当医に過去をほじくり返されたね。連中はそれが正しいことだと習った法に従い、頑固にわたしたちに押し付けた。だからってわけじゃないかもしれないけど、わたしは同じことを自分にやっていたんだ。頭の中で過去二十七年間を百回以上は生きた。さすがにへとへとだ。体力は歴然と低下したし、食欲不振にもなった。お茶を飲むのすらやっとなんだ。体重もみるみる落ちていく。鏡に映る女はいかにも不健康で肌もくすんでいる。眼の下は黒く、しわだらけで生気がない。死んだも同然の顔をしている。こうして君と話している時間だけが、まだ生きていると教えてくれる。

この二年間は、特に悲惨だった。まさに最後にして頂点に立ったといえる。いや、最後だなんて言い方は好ましくない。しかし、それくらい力を失ってしまった。大丈夫、自殺してやろうって魂胆は微塵《みじん》もない。わたしには、そんな立派なことをしでかすほどの選び抜かれた苦労はない。そのことも苦しいほど理解している。もう、死にそうなほどに。

わざわざこんな突拍子もない御託《ごたく》をどうして並べているのか、君は首を右に傾げているかもしれないね。君はいつも右に頭を傾ける。それで目が点なんだ。絵に描いたような光景だった。ああとても懐かしい！　君の瞳はいつだって若々しく光り、妖艶な魅力を秘めていた。わたしは君といる時間が大好きだった。あれから十年も経ったのだ。

まだ散歩に出掛ける気力が残っていたときのこと——名も知らない川を眺めながら、ゆらゆらと流されるように歩いていると、この時期では大変珍しく太陽が顔を出した。ほんの僅かな時間だったけど、雲が空から忽然《こつぜん》と姿を消していた。そのとき、川の水面に反射した眩《まばゆ》い陽光を見て、君の瞳を思い出した。きらきらと白く輝く水面を見詰めているうちに、君がこちらを見詰め返している気がした。それも、とびっきりの笑みを浮かべて。それから病棟で初めて君と目が合ったときのことも思い出した。君は、大袈裟《おおげさ》ね、と笑うだろうけど、まさに暗闇に一点の光が射した瞬間だったんだ。周囲一帯の空気がひどく柔らかく感じられた。君が春の訪れのような不思議な人だったからさ。わたしは頭の中が真っ白になった。尻込みしてしまうほど恐ろしく、ひどい期待に満ちていた。

君はよりによってあの病棟で、その豊かな心とも命知らずともいえる無用心ぶりを大いに発揮して、来る者を拒まず、両腕で迎え入れた。いつしかわたしも君の傍で心を温めるようになった。けれど、わたしは空っぽで何ひとつ差し出せるものがなかった。君は二十二歳で、わたしは十七歳だった。同じ病室になって、もしや君と深い絆で結ばれてしまうのでは、と不安に思った晩があった。今日と同じような六月の曇り空の日さ。烈《はげ》しい胸騒ぎがし、荒々しい心音で鼓膜が破裂してしまいそうだった。わたしたちは親友になった。そうだろう？　君も、わたしから完全に離れることは出来ないはずだ。会っていなくても解るんだ。わたしは、君との友情に一切の疑いがない。正直、他の人といると自信喪失する。誰だって普通はそうだ。わたしほど君の魅力を知っている人はいないだろう。だからわたしの言葉は用心して聞いた方がいい。まるでイエス・キリスト様の御言葉のようにさ。だってね、君、わたしの君に対する称賛は真実だからさ。そして君は真実を嫌った。君って人は、自分が美しい人間であるという真実を特に嫌う人だった。

君も知っての通り、わたしは調子のいい人間だ。いつしか羽を伸ばし過ぎて、君を怒らせた日もあった。君には、どうも子が母親に感じる愛情と似たものを感じた。絶対的な愛、そんなものが君にはあった。君の哀しい過去がそうさせていたのだ。その固い愛に甘えて、わたしはきゃっきゃっとよく悪戯《いたずら》を仕掛けた。また君を怒らせると解っていながら。病棟で塞ぎ込んでいたわたしを救ってくれたのは担当医ではなかった。外へ出てみようかとほのかな希望を抱いて小窓から太陽をこっそり覗く勇気を持てたのも、すべて君がいたからだ。今すぐ君に会って実際に礼を伝えたい。でも、まずはなんといっても先を急がず、こうして落ち着いて話をするべきだろう。今は、それがなによりも大事なことだから。

勿論、安城《あんじょう》さんのことを覚えているね？　あの我が物顔でみんなの部屋を行ったり来たり、人の私物をなめまわすように品定めして何気ない素振りで手に取り、ぽいっと投げる、やれ、テレビのリモコンの位置が変わっただの、ソファにカビが生えているだのと騒ぎ立て、とにかく病棟を仕切りたがった人だ。

「この九年間、そのファイルは一番左端の、上から二番目に置いてたんのよ」

と遂にはナース・ステーションのファイリングにまで口を挟んでいた。

安城さんはいずれ医院長になる、と患者たちが噂を始めたものだから看護師や補助員も相当参っていた。他の患者の部屋に勝手に入り浸って話し込まないように、と主任が警告をしても、安城さんはまったくの無視で、自分は優秀な精神科医だと言い張った。入退院を繰り返してすっかり病院に住み付いていたから、事実、何が病気で、何がただの性格かというのも他の患者より詳しかった。安城さんを頼りにする患者もごろごろいた。人の上、法の上に立っていないと我慢ならない人だった。

「安城さんはこの病棟で一番イカれている」

そう川村に言ってみたことがある。ほら、動物園からペンギンを盗んだ大男だよ。黄ばんだ不揃いの歯でやらしい笑みを浮かべる、下品で好かない奴。

「お前は見る目のない能無しだ」

と川村はすぐさま反論した。なんでもすぐに反論しないと気が済まない男だったじゃないか。で、川村はこう続けたんだ。

「彼女に限ってはまともだぜ。ちょっぴり休憩をしに来ているだけだからな」

こいつには鳥肌が立った。川村が安城さんのことを親密そうに呼ぶからさ。しかし、やがて川村も前言撤回するほかない。

「攻撃的な態度は控えた方がいい」

と少し注意をしただけで、安城さんは怒鳴り散らす始末だったのだ。彼女にとってわたしは所詮、精神病院の患者、ただの出来損ない、故障品、欠陥品、返品の利かない面倒な粗大ごみだ。わたしだけじゃない。人のことを虫けらにしか思っちゃいなかった。そして、誰も自分は虫けらなんかじゃないと言い返せなかった。事実、わたしたちは虫けらだったからさ。

そういう意味合いにおいては、安城さんを心から尊敬していた。屑に、屑、と言える人はそういない。けど、彼女は反発しているようですっかり型にハマっていたのだと思うね。自分ではどうしようもないくらいにさ。安城さんが新患を──君をひどく毛嫌いしたのも、新たな空気感に順応できなかったからだ。

このところ、わたしはまた言語能力を失ったように感情を表に出せなくなってしまった。苦しいのに、苦しい、というそのたった一言が喉元に突っかかった魚の小骨のように出てこない。ひどく生きづらい日々を送っているんだ。その分、解る気がするんだ。安城さんがあんな卑劣な行動に出た理由がさ。君は賛同しないかもしれないけど、わたしと安城さんはとてもよく似ている。わたしたちは感情のコントロールが利かない人間なんだ。故に、軽々と一線を越えられる性分でもある。人殺しだってやりかねない。実際、わたしは台所から母が愛用していた一番大きな包丁を抜き取って、人を殺そうとしたことがある。神に誓って嘘じゃない。見栄や虚勢を張っているわけでもない。危うい。ひどく危うい。そんな人間なんだ。厄介なことに、そんなときに限って自分は冷静だと信じて疑わない。哀しみに打ちひしがれる心を置き去りにして街行く人々を傍観していると、自分は世界一冷静な人間だと信じ込んでしまう節がある。ある者は芸術に走り、ある者は自殺をし、ある者は人殺しをする。世間を驚愕させるような突発的な行為に身投げする瞬間、それは自分の正義を信じて疑わなくなったときだ。安城さんが君にひどい仕打ちをしたのも、そういうことだったのかもしれない。安城さんはついに激昂《げっこう》した。みんなはそう言った。安城さんは壊れてしまった、と。しかし実際は、安城さんが壊れたことなんてどうでもいいことだった。あのときは安城さんが死のうが仕方のないことだった。いや、誰が死のうと仕方なかった。

自分の正気は疑うように努めているけど、君、いつまた忘れてしまうか解らない。哀しくなれば、何もかも忘れてしまうじゃないか。いつかまた無闇に人を傷付け、悔《かい》恨《こん》の念に駆られて命を絶とうとするかもしれない。不安でたまらないんだ。君、こんなことを言って心配にさせただろうか。わたしは仕様もない人間になった。

☾

「アパートを借り切ろう」

君はそう言い、拳をあげた。

「一緒に退院しよう。吉田ママも、須藤さんも、竹内さんも、それに山根さんも、みんな！　全員で同じアパートに引っ越すの！」

わたしはてっきり君が冗談を言っているのだと思った。

「山根さんは退院出来ない組だったはずじゃ？」

と少し意地悪をして、君をからかった。

「わたしたちが先に退院すれば大丈夫。行先があれば、問題ないもの。山根さんが壁を叩こうが叫ぼうが、わたしたちは気にしない。全員が外で生きられる」

君は首を右へ傾けた。わたしが山根さんを特別に好いているのを君は知っていた。

「そんな空き部屋だらけのアパートなんか見つからないよ。見つかったとしても相当なもんだ。住めるわけないね」

「見つけるの。絶対に。無いって決め付けたら本当に無くなっちゃう。酷いアパートだったら直せばいい。だからお願い、一緒に退院しよう」

君は真剣そのものだった。わたしはひどく肩身の狭い思いをした。正直、いずれ自分が退院するだろうことは解っていた。それに時間なんて問題じゃなかった。時間なんか捨ててやりたいくらいあった。でも、誰もが知っていた。山根さんやなんかは一生入院生活だ。二十四時間喚《わめ》き叫んだり、壁を叩いたりするんだから。一体どこに住める？　どうせまた通報されるに決まっている。須藤さんも例外ではない。夫や子供のところへ帰ったって、家族の堪忍袋の緒が切れるまでの期間だ。言うまでもなく、それが現実だった。でも、君は違った。君の瞳はまったく異なる未来を見ていた。君の傍にいると自分を戒《いまし》めなければ、どうにも呼吸できそうにないときがあった。

君のような純真な瞳を持つ人と会ったことがある。まだ少女だったけど、すでに立派な画家だった。画家はその瞳でまったく別の現実を捉えるようだ。わたしに見えるものが夜空に広がる美しい星々ならば、画家は宇宙全体を見渡し、ありとあらゆる生命、その息吹、死を感じられた。わたしの眼に映る世界が果てしなく混沌とした、不条理な世の中と人間の対立ならば、画家の眼は何を見てしまうか解らない。わたしは少女を哀れみ、ひどく不憫《ふびん》に思った。だから、君の願いが叶えばいいと心から祈ったのだ。

しかし奇妙だった。当時、君はそのような瞳を持っていながら、友人の言葉より世の中の方が貴重で、随分と胸の内で世間というものを重宝していたように思う。ああ君の宝である世の中が羨ましくて、恨めしくて、憎たらしくて、わたしは世界中の悪口を言って聞かせた。世の中なんか、君の宝なんか、ろくなもんじゃない、と。あの閉鎖病棟の十畳ほどの病室で延々と罵詈雑言《ばりぞうごん》を浴びに浴びたせいで、世の中はより上品に愛おしくみえただろうか。そう思うと、長いことわたしは悔いていた。くだらない誹《そし》りなんか誰にも聞かせるべきじゃなかった。特に君のような、己の情熱の炎で自滅してしまう危うい心の持ち主には、世界がどれほど甘く愛おしいか、数学のように論じていたら良かったのだ。そうしたら、君は世の中なんかこれっぽちも大切にしなかったろう。きっと簡単に捨てたはずだよ。

あの晩は赤みがかった不思議な満月だった。まるで人知を超えた不可思議な力がわたしたちに働きかけているような。そのせいで多少なりとも気持ちは高揚していたけど、変な話、君の退院計画の第一歩は成功すると確信していた。実際、睡眠障害でだらだらと雑談している患者たちが団欒《だんらん》室にいないものだから、看護師や補助員は不審に感じるはずだけど、それがあの赤い満月のおかげで、いや、こんな珍しい晩もあるものだと空を拝んでいた。点呼の数だって増えなかった。怪しむべき事由を、あの満月がかっさらってしまったのだ。つかの間の休息が空から降ってきたと思わんばかりに。

レジスタンス、と君の作戦を命名した。わたしたちは密かに囁《ささや》いた。

「レジスタンス、トゥナイト」

「了解」

深夜十二時を回った頃だ。須藤さん、吉田ママ、竹内さんがわたしたちの病室に忍び足でやって来た。音を立てないように靴下を二枚も重ね穿きして。須藤さんは喫煙したことはないという割に汚い歯で、いかにもといった怪しい微笑をたたえていた。わたしたちは肩を寄せ合い、暖をとるように青く光る君の腕時計を囲み、次の点呼の時間を計った。太っちょの竹内さんは神経質な性質だから、針を凝視しているうちに酔ってしまった。吉田ママは長い髪を三つ編みに結い、解《ほど》き、また結い、そしてまた解いては結うを繰り返していた。君が始めた集会は、みんなにとっても一世一代の人生を賭けた集会だった。そうさ、人生を賭けたね。窮屈な病室はより一層ぎゅうぎゅうだった。君のベッドと、わたしのベッドの間に全員が身を埋め、おしくらまんじゅうだ。肉の塊がごろごろ、足がうじゃうじゃ、まるでジャングルか墓場のようだった。

「ミンチになっちゃう」

須藤さんは言った。

「ソーセージになっちゃう」

竹内さんも続けて言った。竹内さんはなんだって続けて言う。

わたしたちは少し不安に思った。

「でも、ちょっと待って」

吉田ママが呟いた。

「わたし、今とても幸せよ。さあ、とっとと集会を始めましょう。わたしたちは一緒に生きるんだから。時計を見て。時間がない。ああこんなときだけ、時間がない！」

君、わたしはあんなにハラハラしたことはない。青い文字盤の光からパチパチと火の粉の飛び散る音だって聞こえたのだ。小さな灯《あかり》を囲んで、わたしたちは〈死〉について意見を交わした。翌日は〈生〉について熱烈な論争を起こし、その次の日は〈精神〉についてポツリポツリと降り落ちる小雨のように語り、初めて各々の〈病〉についても話し合えた。君、これは途轍《とてつ》もないことだ。集会中は、常に首を絞められている思いだった。あのとき、わたしは確かに生きていたからだ。ああわたしは生きていた。生を感じることがあまで幸福なことだともっと早く知っていたなら、人生は味方になり得たのだろうか？　天にも昇る喜びとはあの数々の集会の晩のこと。奇妙なことに、わたしたちは喜んで首を絞められていた。

腕時計が十二時四十分を指した。一人、また一人と身を屈《かが》め、用心して廊下に飛び出た。集会は、いつも中途半端に中断された。そのせいで具合が悪くなった日もあるにはあった。しかし、わたしは今でも誇らしい。強烈な口論が飛び交っていようが点呼回りのきっかり十五分前にはすぐさま熱を冷まして解散した、集会の存続を第一に優先できたあの数々の晩のわたしたちを誇りに思う。

☽

君は想像したことがあるだろうか。みんなでアパートを丸ごと借り切っていたなら、どうなっただろうとさ。わたしは今も時々想像する。わたしの想像だと、アパートは君も話していた通り、やはり山の奥地、豊かな自然に抱かれた位置にある。傍には取って付けたような小川があり、小さな羽虫が群になって飛んでいる。道とは呼び難い道が迷路のようにあちらこちらに伸びている。まさかその奥に住居があるなんて誰も思わない。勿論《もちろん》、幼少期におとぎ話や絵本、児童文学書に信頼を置いていた人なら、そう、きっと辿り着けるだろう。雑木林のずっと奥、陽光や木々がつくる陰影に彩られた二階建てのアパートの扉には当然、鍵穴がある。しかし、わたしたちは鍵なんか持っていない。鍵なんか大嫌いだし、ほとほとうんざりしているからだ。代わりに、鍵穴には吐き捨てたガムが埋め込まれている。山根さんは壁を叩き、大いに笑い、泣き、怒り、ぎゃあと叫ぶ。でも、ぎゃあ、が二十回続くと須藤さんがようやく、はて何事だろう、と答えを探しに空を見上げる。夜が深くなるにつれ、今度は須藤さんが号泣する。

「一人にしないで」

須藤さんは窓から外に飛び出してしまうだろう。そうすると一人、二人、三人と猛ダッシュで須藤さんの後を追いかけて、彼女をぎゅっと抱きしめる。

「一人になんかしない。一人なんかじゃない」

柔らかい月夜の下、ほどよく冷たい微風に思いの丈を乗せ、歌うように言う。

「もう一人じゃない」

日中は囲碁でオセロをしようとして、山根さんがビー玉を碁盤にぶちまける。すると、竹内さんはサイズの合っていない分厚い眼鏡をかけ直し、眼をまん丸にする。

「そっちの方が鮮やかで見応えありますね」

とえらく気に入り、君もくすくす笑いながら同意する。山根さんは褒め言葉に弱いから石も、ビー玉も、碁盤も外に投げて、天まで突き抜けるような豪快な笑い声をあげる。吉田ママは呆れて頭を振るけど、口角があがっているのを須藤さんは見過ごさない。わたしたちの悪い癖はもう歯止めがきかない。少ない所持品をすべて放り投げてしまうんだ。各々の名前が書かれたマグカップ、小銭が詰まったジャムの瓶、飲食店の広告が切り抜かれた穴だらけの新聞、スーパーボール、折り紙で折った手裏剣やテーブルや椅子、納税通知書、年金手帳、年賀状、家族写真、家の中は一気にすっからかんだ。

「部屋が広くなった。ね、お金持ちになったみたい」

「うん、くだらないしがらみも無くなったみたいね」

「身体も少し軽くなったかも、痩せちゃったかな」

「丁度いい、ご飯にしよう」

わたしたちは食料を求めて森に潜る。

「これ、なんて名前の草？」

竹内さんがずれた眼鏡を直しながら訊く。

「あんたが発見したんだから竹内で良いじゃない、そんなの」

須藤さんはぶっきらぼうに返答する。

「分かった」

と竹内さんは元気よくぷちぷち雑草を引っこ抜き、新聞で作った手作りのバスケットに摘《つ》んでいく。須藤さんも腰に力を入れて根っこから草をもぎ取る。

「これはリエンって名前の草よ。だって、近所にそんなパン屋があったんだもん。本当よ」

「じゃ、これはほうれん草！」

君がすかさず言う。

「だって、ほうれん草好きなんだもん」

わたしたちは好き勝手に草木、花、昆虫、雲、鳥に、まるで勲章のように名を付与してやる。名前なんてそんなものだったから。病名なんてそんなものだったから。もう鎮静剤に脅かされることもない。ベルトで身体を縛られて固定されることもない。病室に鍵をかけられ、ほれ、とおまるを用意されることも。そのおまるに大の大人が尿をし、大便をし、補助員がバケツを取り換えることも。ああ補助員は新しいバケツに水を汲んで戻って来る。わたしたちは涙をこぼす。君は涙をこぼす。おしっこしたくなってお腹がきゅっと痛くなると震えあがってしまう。

「なんだ、おまるを嫌うなんて、わたしの頭はまともじゃないか！」

おまるなんか嫌だ！　わたしたちは幾度も叫ぶ。しかし主任は、膀胱炎《ぼうこうえん》になるより良いと言い張る。

「おまるが嫌ならオムツにしましょうか」

主任がぼやくように言うと、山根さんは暴言を吐く。安城さんはそれを見て高笑いした。吉田ママはうずくまって本棚に顔を突っ込み、あとの患者たちは恐怖のあまりとうに逃げた。ああ何処へ逃げたんだろう。君はびくびく怯えながら首を右に傾げる。だけど、再びバケツの水がばちゃばちゃ跳ねる音が聞こえてくるのだ。ありとあらゆる悪態が思い浮かんでは消え、また思い浮かんでは消えてしまう。とうとうどれも口にできず……わたしは……君、わたしはとうとう壊れてしまったみたいだ。さっきから涙が止まらないんだ。アパートはわたしたちの楽園になるはずだった。

安城さんが、君が死ぬのを見たと言った。まるで折れたスプーンのように川に転がっていた、と。安城さんは憮然として、君の両手首から流れる血をしばらく眺めていた。

君がすべきことをしたように、わたしもすべきことをやったまでだ。耳にしたかもしれないね。安城さんにガチャン部屋をおみまいして、その三ヵ月後、わたしは退院した。その当日も、彼女はまだガチャン部屋にいた。それもナース・ステーションの一番奥、病棟から最も離れた隔離部屋、真っ白でなにもない、あの部屋にさ。あそこにはなにも存在しない。足を踏み入れた途端、この世から消える。肉体さえなくなってしまうみたいに。須藤さんのようにおまるを引っくり返したりはしなかったろうけど、そんな衝動に襲われてゾッとしたに違いない。あそこで正気を保ち続けるなんて、外界にいて自殺を考えないのと等しく困難なことだ。あの病棟で、ガチャン部屋以上の復讐はない。

ほんの少し安城さんの虚栄心にヒビを入れただけだった。たったそれだけで、彼女は崩れ落ちた。一瞬の出来事だった。事は簡単に済んだ。人の心を殺《あや》めることは、君、あまりに容易《たやす》いもの。しかし、そこから這い上がることは君も知っての通りだ。

とはいえ、安城さんと衝突したあの夕暮れどきの廊下で、文字通り床に崩れ落ちて血まみれになっていたのはわたしの方だった。そういう計画だったんだ。安城さんをガチャン部屋へ強制移送するには多くの目撃者に囲まれて、彼女に滅茶苦茶に殴られる必要があった。口の中が切れて血を吐いた。右前歯の神経もそのときになくなった。今じゃ、その歯は真っ黒なんだ。新しい歯を買うお金がないからさ。わたしの腹に跨《また》がった彼女の眼が焼き付いて離れない。あんなにも狂気に満ちた哀れな眼をわたしは見たことがなかった。ああ、あの人は孤独な人だ。馬鹿げている！　安城さんは君を心底憎んではいたけど、まさか君が自殺するとは思ってもいなかった。最悪なことに、わたしのことも本当は殴りたくなかったのだ。あのときの安城さんの眼を見りゃ、誰だって解る。この人はわたしを殴りたくなんかないのに、殴らなければならないんだってことくらい。あの人の不幸は自己責任さ。回りに回って、自分の身に跳ね返ってきただけじゃないか。補助員たちは安城さんをあっという間に取り押さえて、病室のなかへ引きずり込んだ。扉が閉まる直前まで安城さんは廊下に突っ立っていた野次馬どもに、助けて、と涙でぐちゃぐちゃになった顔で悲痛な叫びをあげた。救いを請《こ》う手は見るに堪えなかった。そして、誰もその手を握り返さないと見ると怒号をあげたのだ。

「くたばれ屑ども、お前らに命なんか贅沢だ、全員死んじまえ！」

扉は閉まった。安城さんの悲鳴が響き渡り、吉田ママも、須藤さんも、竹内さんも泣いていた。どうして泣いていたのかなんて訊かないでくれよ。わたしにも解らないんだから。きっと本人にだって解らない。色々とあり過ぎたんだ。そして静寂が訪れた。鐘の音のような、いつものあの静寂が。鎮静剤を打ち終わったことを知らせる沈黙を、わたしたちはこの耳で聞いた。安城さんは簡易ベッドに移され、担架に乗せられて病室から出てきた。身包《みぐる》みを剝《は》がされ、ぺらぺらの白い病衣を一枚纏《まと》っていた。両手首、両足首、それから腹回りを革ベルトにくくられ、ベッドに縛りつけられた格好だった。あの人は眠ってなんかいなかった。ひどい拷問を受けたみたいに気を失っていた。下あごは落ち、口はだらしなく開き、瞼《まぶた》は半分開いていて白目を剝《む》いていた。でも今更なんだ。何もかも手遅れじゃないか。善人ぶるなんてそれこそ酷い話だから、とやかく言う気はないんだ。けど君、わたしは復讐したことを誇りに思ったことは一度もない。後味はひどく悪かった。十年経った今じゃ、もっと悪い。

☽

君が安城さんを仲間外れにしたのではない。それは安城さんにとっても既知の事実だった。あれは吉田ママが、安城さんとは死んでも同じアパートに住みたくないと言い出したからだ。お人好しの君は誰かを見捨てたりはしない。安城さんはみんなに認められたかったんだと思う。君がいなくなれば、元通りになるとでも考えたのだろうか。わたしたちが君の後さえ追わなければ、君は傷心することも自殺未遂することもなかった。何もかもわたしたちのせいだ。だから夢を追うのは、君を追うのは止めたのだ。君が無事に回復したと主任から聞いたとき、まるで踏み外したはずの階段がひょいと足元に戻ってきたようだった。君が幼少期から大事にしているというミヒャエル・エンデ『はてしない物語』の一文にあった。まさに君が亡くなったと聞いたとき、階段を踏み外したときのように背筋が凍って真っ白になった。生きていると主任に知らされるまでの時間は言い表しようがない長い地獄だった。奇跡だよ、君。踏み外したはずの階段が足元に戻ってくるなんてこと、一生に一度もあるもんか。しかし、わたしにはあった。わたしたちにはあったんだ、そんなことが。酷い人たちだと思っているだろう。あんまりじゃないかと思っているだろう。君、わたしは十年間、幾度も神に許しを請うた。でも、謝る相手を間違えていた。一体、わたしが神になんの悪事を働いたというんだ。本当にすまなかった。この通りだ。わたしたちは、いや、わたしは君の背中に感銘を受けるべきじゃなかった。君の隣に立ち、君と共に歩くべきだったのだ。

☽

久しぶりに晴れたもんだから、この俯きがちな心にも自然の恵みを与えてやろうと散歩へ出掛けてきた。土を踏むのもしばらくぶりで、なんだかおっかなかったから、君と病院近郊の公園へ外出したときを思い起こして芝生の上に寝転がってみた。大地に顔を近づけると前の晩に降った雨の影響で、土の香りが強烈だった。君と突風に煽られた土埃を顔面に浴びて、大笑いしたことがあったね。わたしはあの日のことを思い出して、気味悪く一人でにやにやしていた。優しい気持ちに包まれ、ゴロンと寝返りを打ったり、恥ずかし気もなく大の字になって空を見上げた。君の存在はいつもわたしの魂を潤《うるお》してくれる。しかし、いい思い出はそう続かない。後悔と罪悪感にたちまち追いやられる。

わたしは芝生に寝転がり、土や雨の香りを嗅ぎながら君をこの世に引き留めたものはなんだったのか考えた。君を生かしたものはなんだったのだろう？　誰だって最後の最後には命綱に手を伸ばすもの。それが意識的であれ、無意識的であれ、不意に手が出るものだろう？　君にもつかまる綱があったはずだ。じゃなきゃ、もっと深く確実に手首を切ったはず。空想に浸っていると、安城さんの顔が浮かんだ。あの人はここぞというとき脳裏に影を落とす。わたしは君を思うのと同じくらい、安城さんのことを思うようだ。正確に言えば、安城さんは君の命綱を断つことはできなかった。君が死の直前に抱いた希望のようなものはなんだったのか、わたしは遂に訊けなかった。

しかし安城さん、ああ、あの人の眼は確かだ。わたしが一心にしがみついていた命綱を見つけたんだ。用心深くひた隠してきたというのに。まったく情けない話、わたしには文学への憧れがあった。その恋心のような憧れがわたしをこの世に引き留めていた。怒りを、孤独を、絶望を我が身に抱き寄せて親しくしようと心構えできたのも文学があってこそ。作家になろうって魂胆はなかった。人生そのものが文学だと胸を張っていたのだ。紙面に印刷された文字だけが文学ではない、と。わたしはそれでなんとか人生に意味を見出し、やってこられた。安城さんは、わたしの命綱を見つけた。実にいやらしい笑みで、あの人はこう言った。

「あんたは利口だよ。自分が物書きになれないことくらいは、ちゃんと解っているんだからねえ」

わたしは舌を抜かれたように声が出なかった。急に心臓の鼓動が速くなり、そのまま胸から飛び出してしまいそうだった。手指も小刻みに震え、わたしはそれをポケットに隠して笑った。大笑いさ。涙まで流して大笑いしたのだ。君には洗いざらい話してしまいたい。安城さんに冷笑された後、わたしは洗面所にあった固形石鹸《せっけん》を食べた。陰毛のような短い毛が付いた石鹸にかじりついては飲み、飲んでは吐いて、またかじりついた。あんなもの食べられたものじゃないけど、気が動転していた。固形石鹸を食べなければ死ぬと思ったのだ。だから、自殺を図る気で食べたわけじゃない。

わたしは生きたかった。安城さんはいい眼を持っている。そうだろう?

☽

レンドルミンをまとめて四錠飲み、三十分置きに頓服《とんぷく》をしたが間に合わなかった。眠りにつくより先に目覚まし時計が鳴った。一日三錠以上は飲まないと誓っていたのに、どうしようもなかった。服用後はすぐに明かりを消して布団に入る。けど、一向に眠りに落ちない。夢遊病者みたいに歩き回り、時々は冷蔵庫を漁《あさ》り、夜食を探す。そして三時間後に目覚ましが鳴るのだ。どうしたって暗い気持ちになる。君も、人間は一日八時間の睡眠をとり、昼間に活動して、夜は就寝すべき生きものだと考えるだろうか。太陽の下に一日一度は出るべきだと? その点については、わたしもまったく同感なんだ。その貧相な思考のおかげでひどく窮屈だ。わたしは最近の月を気に入っている。本心をいえば眠ることに囚われず、月明かりの下を歩きたい。勿論、そうする晩もある。けど、そんな夜行性みたいな生活は矯正すべきだと脳が拒絶する。わたしがそうしたいと願っているにもかかわらず、脳は大概《たいがい》反対のことを言う。わたしが自由な思考を取得した生きものであれば固定観念にがんじがらめになることもなく、個として確立した聡明な人間であれば眠れないといって塞ぎ込んだりもしなかったろう。薬なんかもってのほか。しかし、現実世界でわたしは自分は無力だと消魂しているから、とっとと諦めて服従する。何故眠れない、と自責し、運命を恨み、病的に気にしだす。そうなると眠るなんて不可能。布団のなかで七時間でも八時間でもジタバタするだけだ。

しかし君、こうして言葉にして話せるようになったことで、さほど悲観的でなくなったといえる。君が退院した直後はどんなふうだったろうか。想像するに歓喜したのは半日程度だったと察する。安城さんがどうして入退院を九年間も繰り返すのか、君も痛感したはずだ。わたしの場合、母がうずくまって動けなくなることが多々あった。何処が痛いというわけではない。病棟でも馴染み深い光景だった。母は気丈に振舞いはしたけど、時折、凄まじい重圧に屈服し、出口のない迷宮に囚われてしまっていた。わたしが家に戻ったことが引き金となったのだ。痩せた娘の姿を嘆き、母は打ち萎《しお》れた。わたしは一家の嬉々たる未来を奪ったようだった。須藤さんなら外界の人間が立ち上がれなくなった場合——そんなもん、わたしたちにはよくあることよ、と明るく放置しただろう。わたしもそうできたら楽だった。しかし外界にいるのだから、ちゃんと普通の人間らしく背をさするくらいはした。母から哀しみを取り除いてやることはできない。ひどく心配はしたけど、あまり近寄るとわたしまで引きずり込まれそうだった。主治医の忠告通り、距離を測らなければならない。冷たく映ったろうけど、背をさすった後はその場から離れた。母は片膝に手を添え、ゆっくりと時間をかけて立ち上がった。わたしたちは妙に他人行儀でギクシャクしていた。久しぶりに会った母は猛烈に老け込み、ずっと小さくなっていた。父は今のわたしくらい口を開かなかった。父が口を開くとき、それは酒を飲むときだった。毎夜、耳の頭まで真っ赤になり、おぼつかない足取りで狭い廊下を壁にぶつかりながら歩いた。あちこちに頭や肘《ひじ》をぶつけて転倒するものだから、よく流血していた。翌朝、壁に血がこびりついていても誰も驚かなかった。そして毎夜、わたしの部屋の扉を叩くのだ。どれほどわたしがそれを嫌っているか知りもしないから何時であろうと平気でやる。

「まさか寝たわけじゃないだろう」

と決まり文句を言い、父は部屋の電気をつけた。

「狸《たぬき》寝入りしているのはバレてるぞ。お前は精神疾患者なんだから、深夜に起きていることくらいお見通しだ」

わたしは寝ぼけた演技をし、ごそごそと布団から顔を出した。グラスに注いだ酒の匂いは気持ちのいいものだけど、泥酔した人間の酒臭さはたまらない。わたしは鼻を曲げて顔をしかめた。

「おお可愛い娘の顔を拝めたぞ」

と父は笑い、

「お前がいてくれて幸せだよ」

と涙した。ああ君、親の涙ほど胸をえぐられるものはない。我が家は精神病院より酷い状況だった。彼らはどうしようもないくらいわたしを溺愛していて、わたしはそれに応えようがなかった。わたしは悲鳴をあげるのを堪え、苦渋の思いで彼らに背を向けた。何日も何週間も部屋に閉じこもった。みんな、ひどく気疲れしていた。一家全員、急死してもおかしくなかった。散歩は良い気晴らしになったし、外出する口実にもなったけど、両親はわたしが一人になるのを心よく思わなかった。彼らは主治医や主任の代役を務める気で、外には出るべきじゃない、と人間であることを否定するようなあの恐ろしい言葉をあっさり口にした。精神病院に戻らないようにと注意深く距離を測り、やってきたはずが、もしやこのまま悪気もなく監禁されてしまうのではと不安に駆られ、再び烈しい動悸が始まった。それで本当に出られなくなってしまった。母はくたくたになった手鞄を握りしめ、

「ちょっと買い物に行くけど何処にも行かないで、部屋にいなさいね」

と消え入りそうな声で言い、扉の閉まる音が漏れないように、とても静かに出ていった。ああ君、わたしも両親もお互いを人間だとは思えなくなっていた。両親はわたしに微笑むのだ。

「あんたが死ぬまで部屋にいることになってもいい」

わたしが陽を浴びたいと切望しても、そう頑張らなくてよい、と言うのだ。両親にとってわたしは内臓、骨、薄皮を被っただけの抜け殻。何を言っても上の空。一人の自殺未遂が何人もの魂を殺し、誰も人ではなくしてしまった。あれから十年経った。あのときと比較すれば、今はとても良い場所にいる。両親もよく笑ってくれるようになった。わたしが一人でいても前ほど心配はしない。わたしも彼らの心配はあまりしなくなった。また魂のようなものを感じ取れるようになったのだ。魂とは、つまり光だ。今の両親の瞳には光が宿っている。両親もわたしの内面に光のようなものを感じてくれているのだろう。ようやく人として見てもらえるまでになった。病人ではなく、独立した一人の人間、彼らとは別々の思考を持つ者として。だから前ほど嘆いてはいない。眠れない。ただそれだけなんだ。

第二章

実を言うと安城さんに会った。二年前のことだ。最初からそう書かなかったのには理由がある。どうか怒らずに聞いて欲しい。あの人と会うのも話すのも、実に八年ぶりだった。わたしは誰の連絡先も、君の連絡先さえ知らないのだからね。安城さんがどうやってわたしを見つけたか――新聞でわたしを見たと言っていた。創作したものが芥川賞候補に入っていたからだ。それで出版元に電話をよこしたというわけだ。驚いた。最初、あの人はわたしを殺すために電話を掛けてきたんだと思った。よっぽど恨んでいるはずだからさ。それならそれでいい。もし殺されるとしたら、わたしは真っ先に安城さんを選ぶ。いや、選ぶのではない。他に候補はいないのだ。

安城さんは入院していたもんだから、毎日決まって夜七時に公衆電話から自宅に掛けてきた。今時、固定電話なんて古い風習だけど、買え、としつこくされたのだ。ほら、公衆電話から携帯に掛けると、テレホンカード一枚、すぐに使い果たしてしまうじゃないか、それでだ。わたしが出なかった日も、彼女はわざわざ丁寧に留守電を残した。作品が落選した翌日は、初めて朝八時に掛けてきて、

「おう、芥川賞作家じゃない女！」

と一言目に大笑いだった。わたしも彼女につられてげらげら笑った。そこでやっと気が抜けたんだ。兎にも角にもストレスフルな文学賞だから、有り難いと一言では言えない。嫌な思いだって、たくさんしなければならなかった。

「やっと終わった」

わたしは小言をこぼした。

「終わってなんかいない。面会に来い」

と安城さんは言った。それで指定された病院へ出掛けたのだけど、それが精神病院じゃなかったんだ。君、安城さんが白血病と聞いたとき、わたしは顔面蒼白になり、受話器を落としそうになった。激しい怒りが込み上げてきたのだ。妙だった。心の病気も身体の病気も、全て同じ病気、それをどうして外界の人間は認めたがらない、と以前はあれほど君と憤慨していたというのに、わたしは困惑した。なんて不幸だ。それも再発だと言うんだ。

わたしは看護師の指示に従って安城さんに会う前に手洗いをし、重ねて消毒もし、

マスクを着用した。クリーム色のカーテンを見て、君と過ごした病室を思い出した。しかし似ていたのはカーテンだけで、安城さんがいた部屋は縦長でベッドが三つ並んでいた。真ん中は空いていて、カーテンも開かれていた。安城さんは通路側だと聞いていたけど、名札は見あたらなかった。仕方なく、安城さん、と声を掛けようとしたとき、

「来たか」

と例の低い声がした。わたしはカーテンを開いた。安城さんは敵意を剝き出しにした眼でじっと睨《にら》んでいたが、しばらくすると唇が横に伸び、悪賢そうな微笑をたたえた。

「看護師は大袈裟なんだよ。あんたのマスクをした顔なんか見たくないねえ。どれ、顔を見せてみな」

わたしは無感動にマスクを外した。安城さんは骨董品でも眺めるみたいにわたしの顔をまじまじと眺めた。わたしも同じように彼女を観察した。安城さんはまだ五十そこいらのはずだけど、年齢不詳の顔をしていた。髪の毛があったって、それは変わらなかったと思う。

「チキショウ、痛いよ、痛いよ！　梢ちゃん！」

と突然、窓際のベッドにいる女が壁を叩き、悲痛な唸り声をあげた。安城さんは女の方に一瞥を投げた。

「始まったねえ。気にすることないよ。梢ちゃんってのが誰なのかさっぱりだけど、あの婆さんは金持ちなんだ。窓側のベッドは一日三千円もすんだから。須藤を思い出すねえ。あいつもよく叫ぶ金持ちだった。山根、山根のとこは違う。あそこの家族はうるさいのがいるよりマシと、高い入院費を払って貧乏になることを選んだ。あのデブ、あのデブは——」

「竹内さんね」

とわたしは助け船を出した。

「あんた今、竹内のことデブって言ったね?」

と安城さんは間髪を入れずに訊いた。

わたしは首を振った。

「デブの竹内も金持ちだったたっけね。で、吉田は見た目通りの平凡で退屈な女だった。あたしは部屋を移動することがあっても、必ず通路側にいんだ。ベッド代まで支払う余裕はないからねえ。まあ、座んな」

安城さんは点滴をしていない方の腕を重たそうに持ち上げて、壁に立て掛けてあった簡易椅子を指差した。わたしは鞄を床に置いて椅子を広げた。点滴棒に大きな袋が二つぶら下がっていて、薬の残量数値や残り時間を測る機械も付いていた。無言で点滴を眺め、安城さんに視線を戻すと彼女の顔にまだ薄い笑みが残っていた。あの頃の刺々しさや高圧的な雰囲気はなかった。艶のある長い黒髪を無造作にかき分けて露出の多い格好で颯爽と病棟を歩き回っていただろう？　おっぱいもでかかったし、二の腕もふくよかだった。それが尋常じゃないくらい痩せこけて、スタイルだけは良かったのだ。化粧も欠かさない人だった。それが尋常じゃないくらい痩せこけて、頭蓋骨の形がきれいに見て取れた。頭の毛も眉毛もまつ毛もごっそり抜けていた。

「下の毛だってあるもんか！」

安城さんは軽快に笑い飛ばした。ここへ来るまでに医療用帽子を被った患者を見かけたけど、彼女は頭の毛がなくても帽子を被っていなかった。何処を見たら良いのやら、わたしは困惑した。視線を合わせるのだって気持ちが追い付いてこない。君、何度も言うようだけど、彼女に会うのは八年ぶりだったのだ。

「ちょっとは面白い奴になったかと思いきや、期待外れもいいとこ。やっぱりつまらない女だったか」

「そっちこそ、相変らず口数の減らない婆じゃないか」

安城さんはふんと鼻を鳴らした。

「足元の冷蔵庫を開けな」

と言われ、早速、小さな冷蔵庫を開けるとペットボトルの水が隙間なくぎゅうぎゅうに積んであった。

「あんたは冷たいのがいいんだろう？　外は暑かったろうからねえ」

「いいよ。水くらい自分で持って来た」

「馬鹿、遠慮なんかするんじゃないよ。つまらない奴め。早く取れ、屑、カス、落選、芥川賞作家じゃない女！」

ああ本当にうるさい人だ。何度、水くらい持っていると言っても聞かないんだ。わたしは冷蔵庫の水を一つ取って、無理にごくごく飲んでやった。口元に垂れた分を袖で拭い、さて困ったもんだ、またなんと声を掛けたら良いのやら。安城さんの言う通り、わたしは不幸な人を目の前にすると言葉が詰まる、つまらない奴らしかった。

「布団を捲ってみな、見せたいものがあんの」

と安城さんは言った。

「布団を捲る？　絶対に嫌だね」

「なにが嫌なんだ」

「そのアイデアのすべてだよ」

「餓鬼。だから落選すんだ」

「なんとでも呼べばいい。気乗りしないことには極力関わらないようにしている。主治医の勧めでね」

「ああそうだ。あんたは調子のいいときだけ主治医に泣きつく都合のいい奴だった。そんなんじゃ長生きしないよ。あんた、今に叩き潰される」

わたしはピクリと肩をすくめた。

「身体がうまく動かないんだよ。あんたがやってくれないと」

安城さんは語調を変えて言った。

「分かったよ。でも、下着はちゃんと付けているんだろうね？」

「屑女」

安城さんがそう吐き捨てて、わたしは恐る恐る布団を捲った。若葉色のワンピースから腕のような足が伸びていた。わたしは絶句した。彼女の両足はほとんど骨と皮だった。こんなに細いんじゃ体重を支えきれずに骨折してしまう。しかし、安城さんは妙に満足した顔をしていた。

「合併症のせいだよ。車椅子を使ってる。こんな足じゃ歩けないからねえ。風呂もトイレも介護付きなんだ。あんた、これがどういう意味だか解る？」

わたしはかぶりを振った。そっちの病気にはひどく疎いんだ。

「オムツよ」

安城さんは鼻の下をこすった。肌が乾燥して皮が剝けていた。

「またオムツを穿いてんの。見てごらんよ、この忌々《いまいま》しい白い壁紙、ベッドシーツ、クリーム色のカーテン、点滴。外出禁止令も出てんのよ。院内は禁煙だし、消灯時間だってある。ここじゃ消灯は夜九時で、テレビは十一時までだけど、まああの病院とほとんど一緒よ。異なる点は、そうだ、荷物検査はなかったねえ。刃物も持ち込める。その気があれば切腹だってできる。けど、やっぱり不自由だねえ。白血病になったせいで刺そうにも力不足だ。食べたくても食べられないものも山ほど。刺身、生野菜、果物、他にもいっぱい。火を通さないと口にしちゃいけないんだ。健康な人はねえ、体内に侵入したウイルスを取り除く免疫反応が働いて抗体も作れるけど、あたしの身体じゃ駄目だ。すっかり弱っちまった」

安城さんは一度息継ぎをした。

「味覚も狂った。腹が減っても、不味《まず》くて食べられないことがざらにある。酷いもんよ、あんた。だからねえ、こうして今も点滴を食べてんのよ。そう、また点滴をね！

けど、血液型はもうA型じゃないらしいから、血液型占いだとか性格診断だとかは変わったはずだよ。あんたの知っている安城さんはいないかもしれない。病院にいる、この環境だけがあんたにも馴染み深い安城さんだ。あの頃のあたしは、もうこのなかにはいない」

わたしは布団をそっと掛け直した。下着を付けているかなんて冗談は腐っても言うべきじゃなかった。

「あの部屋にはどれくらいいたの？」

とわたしは訊いた。

「あの部屋？」

「ガチャン部屋にさ」

とわたしは言った。最後、精神病院で安城さんに喧嘩を吹っ掛けておみまいした部屋だ。彼女がオムツを穿き、点滴を食べる羽目になったあのガチャン部屋。

「ガチャン部屋、ガチャン部屋……なんのことだか解らないねえ」

と安城さんはころっと態度を変えた。解り易くとぼけた顔をして、布団をポンポンと叩いた。なるほど、とわたしは頷いた。確かに以前の彼女とは様子が違った。安城さんはしばらく話し続け、最近見た悪夢や薬の副作用、地球規模で広がる大気汚染や排気ガスの話から窓側のお婆さんのおならの話になり、いびきもたまらなくうるさいということと、身体中がむくんで腫《は》れていること、食事中もカーテンを閉め切って一人で黙々と食べていることを教えてくれた。彼女が話題を変えそうな気配を感じると、わたしは極度に緊張した。わたしを呼び付けたのには何か理由があるはずだ。しかし、ここへ来てもさっぱりだった。もうあんたの知っている安城さんではない、そのことを証明しているようにしか感じられないのだ。彼女は機関銃のように喋り倒して、

「あんたは入院する羽目になる前、何があったか覚えてんの？」

と訊いた。わたしは手汗をジーンズで拭い、

「うん。信じられないくらい、はっきりと。あんまりにはっきりとしているもんだから信用はできない。でも、覚えているよ——」

「はっきりと？」

わたしは頷いた。

「話してごらん。あたしが試しに聞いてやる。他の人にはできないだろうからねえ」

わたしは変な顔をした。

「できんの？」

と安城さんは鋭い口調で言った。できない、とわたしは首を振った。精神病院にいたことはわざと大っぴらにしていた。その方が幾分か気楽でいられるし、下心のある人間とは一秒も仲良くしていたくないからだ。しかし、どうして精神病院なんかに行っちまったんだ、とかれこれ八年もそんな質問を振られるけど、一度も答えられたことがなかった。

「けど、まさかそんなことを聞くために電話をしたわけじゃないでしょう？」

「いいから話してみな」

と安城さんは眼を瞑《つむ》った。もう受け答えしない気だ。両眼を閉じてしまうと、彼女の顔も消えたみたいだった。眼があったところに鉛筆で引いたような薄い線があって、小さな穴が二つと乾いた唇があった。しかしわたしが黙っていると、じれったそうに唇を結んだので、やがてそれも見えなくなった。わたしは水を含んで深呼吸した。入院する前日——あの日は祭日で、学校は休みだったはずだ、とわたしは思った。

「いつも通りアルバイトに行って、ランチ帯の忙しいシフトをこなして、午後三時には仕事を上がった。だから夕方四時には最寄りの駅に着いていたと思う。とても疲れていたのは確かだけど、表に出てみると、時空が歪《ゆが》んでいくのをこの眼で見たんだ。

わたしたちが生きている世界は圧縮されて、どんどん小さくなっていった。そのことに気が付いたのは、わたし一人だけだった。きっと空に穴が空いたのだろうと思った。その穴から酸素が漏れて、地球は小さくなったのかもしれない。まん丸に膨らんだ風船がしぼんでいくようにさ。

様々な店が立ち並ぶ大通りを家の方角に歩いていたんだけど、その通りだって縮んだり、伸びたりしていた。地球もわたしと同じ、命を持ち、呼吸をする生きものだったのだ、と最初はそう思った。ところが、一キロ先のビルディングからぐにゃりと曲がり始めたんだ。屋上部分から何かに吸い込まれていくようにね。それが指を折り曲げるような動きだった。ビルディングは何者かの手、いや、手袋だったのかもしれないと次に考えた。地下に眠っている巨人かなんかのさ。地球が何者かの手だと考えると恐ろしかった。ぐちゃぐちゃに潰されて、みんな死んじまうじゃないか。人間は生まれる前から誰かの掌で馬鹿みたいに踊っていたんだ。我々がこの世の支配者だ、とひどい勘違いを起こしながら。でも一体、誰だ？　神？　いや、そうじゃない。なんとなくだけど、神様じゃない気がしたな。

道行く人々は素知らぬ顔で夕飯の食材がたっぷり入った買い物袋を抱えて、呑気に立ち話をしたり、喫茶店で携帯をいじったり、犬の散歩をしたりしていた。比較的交通量の多い時間帯だったけど、パニックが起きそうな空気感は欠片《かけら》もなかった。飼い主に連れられている犬も地面に鼻を擦り付けて、尻尾を振っていた。猫も鳥もいつも通り。わたし以外の生きものは変わらぬ日常のなかにいた。

その光景は見れば見るほど不快なものだった。わたしは吐き気に襲われて電柱に手を突き、その場に座り込んだ。信じられないほどの冷や汗をどっとかいていた。髪を耳に引っ掛けると指先が濡れるくらいに。額からぽたぽた汗が垂れ落ち、いつの間にか地面に小さな点を沢山描いていた。わたしは小さな点の集合体を見ると、昔から具合が悪くなった。虫唾《むしず》が走って、慌ててジャケットとトレーナーを脱ぎ、シャツ一枚になった。身体を冷やせば頭も冷静になると期待して。しかし四月に入ったばかりで、湿気も熱気もない。体温はどんどん下がり、ひどい寒気がした。

顔を上げると、ビルディングが曲がりに曲がって真向いの建物とくっ付いてしまったもんだから、巨大なトンネルが出来上がっていた。わたしは爪先で地面を蹴飛ばして歩き出した。船の上を歩くようなおぼつかない足取りで、やっとの思いで家がある通りに着いた。そのとき、背筋がゾッとしたんだ。月光を浴びた雲の隙間を黒い塊が飛んで移動するのを見てしまった。塊はこうもりだと言い聞かせたけど、にしても大き過ぎるし、月が出ていることにも驚いた。数分前まで西日があったはずなんだ。あの通りに何時間もいたというのだろうか？　こうもりは両翼を広げてわたしを見下ろしていた。近くを飛んでいた飛行機よりも遥かに大きい。そして、ゆっくりと空中を二足歩行するみたいに忍び寄って来ていた。

わたしは走った。家の前を通り越し、コンビニエンス・ストアに逃げ込んだ。着ていたものはシャツ一枚。ジャケットとトレーナーをずるずる引きずり、息を切らせて汗までかいていたもんだから、店員は眼を見開いてぎょっとしていた。肩で呼吸をし、背後へ一度視線をやると店員も訝しげに外を見やった。こうもりは雲の裏側に隠れたようだった。わたしは平常心を身に纏うようにジャケットを羽織った。店員は引き続き警戒して、わたしの手先、行く先を注意深く監視した。かえって心強い味方だった。あの黒い塊はこの世のものではない。ただのこうもりってわけじゃないんだ。時空の割れ目から難なくこちらの世界へ滑り込んできた者。いや、悪魔かもしれない。あれが窓ガラスを突き破り、わたしを襲おうものならレジから店員が一部始終見ている。警察が来たときも、しっかり証言してくれるはずだった。

わたしは雑誌売り場の前に立ち、適当に一冊手に取った。本の陰から外を見やると、自分の姿が窓に映っていた。短時間でげっそりと変貌していた。目の下にひどいクマがあって、薬物中毒者のようだった。精神安定剤や睡眠薬に依存している点では、薬物中毒という響きもさほど外れてはいないのかもしれないけど。

こうもりは、それから三十分経過しても姿を現さなかった。住居を知られるわけにはいかないけど、コンビニエンス・ストアで一晩過ごすわけにもいかない。わたしは雑誌を戻してやむを得ず表へ出た、と同時に眼の間を釘で刺され、トンカチで叩かれたような衝撃が走った。わたしはこの空を見たことがある、と思い出したんだ。

ゴッホの『星月夜』だ。まさしく時空が歪んだような不穏な空だった。月明かりは辺りを白く滲《にじ》ませ、雲はうにょうにょとうごめき、彷徨《さまよ》う。ゴッホが描いた絵に塔のような巨大な黒い塊があった。わたしにはあれがなんなのか解らなかったけど、生物に生まれ変わったと考えれば、こうもりのような黒い塊も少しは納得できた。でも、もし本当にゴッホの絵の中にいるのだとしたら――わたしはそこから抜け出す方法を知らなかった。居所を隠し通せたとしても結局、抜け道はない。愕然とした。すべて無駄、とんだ悪あがきだったのだ。なんて惨めな、とわたしは自分を哀れんだ。虚しさは背後からやって来た。からんからんと乾いた鈴の音がした。

家の階段も変形していた。右にも左にも波を打っていた。足をすくわれそうになりながら、なんとか一歩一歩踏み出して階段を上がった。再び船酔いのような烈しい吐き気に見舞われながらドアノブを回すと、いつもと違う感触がそこにあった。家も、自分の部屋も、わたしのものではなくなっていた。隅々まであの黒い塊の息がかかっていた。タンスの中も枕の下もすべてだ。この身体、この心、この魂すべて。わたしは負けを認めた。不思議と嫌な感じはなかった。ドアノブを回した瞬間から自分のすべきことは解っていたのだ。

ＣＤプレイヤーを再生すると前の晩に聴いていたトム・ウェイツの『グレープフルーツ・ムーン』が流れた。わたしは机の一番上の引き出しを開けた。溜め込んできた睡眠薬がたっぷりあった。それらを机に並べると、病院で処方された薬と薬局で購入した薬、ざっと数えて百五十錠ほどあった。その後はよく解らない。人伝に聞いた話になる。各々の真実を語るもんだから話が一致しないんだ。音楽は流れていなかったと言う人もいるし、リピート再生されていたのはキース・ジャレットだったと言う人もいれば、いや、浅川マキの『別れ』だと言う人もいる。とにかく目覚めたら、あの精神病棟にいたってことだけが信頼できる真実らしいんだね」

安城さんの息遣いが聞こえた。とても静かな呼吸だった。ベッドの後ろにあるアイソレーターの風音より遥かに穏やかかな。

「こうもりの話を続ける？　それとも、もう寝たかな」

「ちゃんと起きて聞いてるよ。気にしないでこうもりの話を続けて」

安城さんは眼を閉じたまま言った。胸が膨らみ、縮み、また膨らむ。わたしは水分補給をして話を続けた。

「わたしが生まれ育った地域には少なく見積もっても二十五は公園があった。夏ならセミの抜け殻や虫収集、冬なら雪合戦や追いかけっこに熱を上げる子供が多いなか、わたしは五、六歳の頃、一年中、小人探しに熱心だった。小人のことは絵本で読んだんだ。午前中は畑仕事をして、昼休憩の後は家の修理をする。夜になると音楽家の小人たちが陽気な楽曲を演奏し、桜色のカップケーキやパンプキンジュースなんかを飲みながら踊り狂う。疲れ果てて眠るまでさ。戦争も小さな争いごともない。大きな声で怒鳴ったり叫んだりするのがみっともないと考えるからさ。こちらの世界よりずっといいところに小人たちはいた。もし会えたら、わたしもそっちへ連れて行ってくれ、とお願いするつもりで埼玉県川口市にある川沿いを渡り歩き、濁った浅い池に飛び込み、危うくザリガニを踏み潰しそうになったりしながら毎日小人を探した。夕方五時の音楽が流れたら家に帰る、そう母に指切りさせられていたのに、小人を探し始めると世界の方が神隠しにあったようにすべてを見失ってしまった。

しかしあるとき、家から一番近い公園に黒いキャップを深々と被り、黒い手袋、黒いジャージを着込んだ初老の男が三メートル程の長い棒を持って現れた。空にはこうもりがうようよ飛んでいた。わたしは何をしているのか訊いてみた。白い無精ひげの男は空高々と棒を振り回し、恐ろしいほど静かな声で話した。

『こいつで、こうもりの気を狂わす。こうもりは悪魔の手先だからな。しかし、いっぺん気が狂っちまえば、いくら悪魔の手先でも殺すのなんか簡単だ』

男は薄っすらと口元に微笑をたたえた。真夏日だというのに身体がひんやり冷たくなっていく感じがした。バサバサと羽が暴れる音がし、わたしは小さく悲鳴をあげた。男の足元に重石と黒いゴミ袋が置かれてあった。それが風が吹くと膨らんで不気味な音を立てたのだ。とにかく恐ろしい棒を目撃した直後だ。いくら子供でも、その袋に何を入れる気、などと馬鹿な質問はしなかった。わたしはショックのあまり、母に相談することもできなかった。しかし胸に差し迫る危機感を実感しながらも、わたしは決まって五時近くになると公園から公園へこうもりに誘導されるように移動し、気配の薄い亡霊のような男とこうもりの運命を見守った。東京タワーを見上げるように長い棒を見上げ、左右不規則に飛行するこうもりたちを視線の先で追っていると思わず、逃げろ！　と口が大きく開いた。でも、声が喉に詰まって出ない。わたしは居ても立ってもいられず、足踏みをして男の周りをぐるぐる駆け回った。気が狂ったら死ぬぞ！　気が狂ったら殺すのなんか簡単だ！

『邪魔だ！　気でも狂ったか、この餓鬼！　殺すぞ！』

男は一喝した。わたしは怯《ひる》んで尻もちをついていた。自分の気は確かに狂ってしまったと思った。あの棒に近寄り過ぎたせいだ。じゃなきゃ男の周りを駆け回るもんか。頭のなかまでぐるぐるしていた。早いとこ、この世を去らなければと切迫した緊張感に駆られた。

『いっぺん気が狂っちまったら殺すのなんか簡単だ』

とわたしはその後も男の言葉を復唱した。小人が見つかるまで心の休まり処はない。寝付きも悪くなる一方だった。男がわたしの首を狩りに来たからだ。わたしは自分の首が飛ぶのを見物し、ピアノ線を無数に張った箱に放り込まれて手足、胴体が切断されるのを見た。ハッと飛び起きると、いつも自分の部屋にいた。夢はひどく現実味を帯びていて、押し込まれた箱の壁紙や、どろどろしたその手触りまで数日間も意識の深いところに残った。夜は血の凍る闇に包まれていて世界はこんなにも冷酷非情なのに、どうして寝るときも目覚めるときも一人でいなければならないのだろう。両親と赤ん坊の七海がいる和室に飛んで行きたいけれど、ピアノ線に怯えてしまって布団から足を出せなかった。

しかし翌朝、金縛りが解けると川沿いの雑草をかき分けて雑木林に潜り、なんだかよく解らぬ植物のトゲでスカートは破れ、四つん這いで這いずり回ったせいで手は真っ赤に腫れ、膝も擦りむけて傷口に泥が付き、木から虫がふってきて髪に絡まったのを気付かずに持ち帰って母を仰天させ、あと少しで七海を腕から落としそうになった母に、いい加減にしろ！　と尻を叩かれるの繰り返しだった。遊歩道の石畳の周辺の土を掘り、よいしょと石畳を引っくり返したこともあった。しかし待てど暮らせど大量の蟻が湧《わ》いて出てくるだけで、小人はいない。来る日も来る日も、次々と石畳を引っくり返したから自転車のタイヤを引っかけて転倒した人がいた。通行人も躓《つまず》き、なかには小指を骨折した人もいたそうで、もしかすると前歯が欠けたなんて人もいたかもしれない。ある日、警察官が二人来て、近所の人も蟻のように家に押し寄せた。

『子供のやったことですから』

と母は一言目に口にしてしまい、ひどく反感をくらった。自分の子供のことを他人にとやかく言われるのは相当頭に来るタイプの人だった。しかし、わたしが悪いのは火を見るより明らかだ。母は一言二言絞り出すように、もう誰も関心のない謝罪をして深々と頭を下げ、その頭に非難の言葉を散々浴びせられた。さすがに子供のわたしにも応えた。玄関の扉が背で閉まると母はわっと咽び泣き、七海を力一杯抱きしめた。七海を抱いているうちに震えは収まっていった。わたしには心を落ち着けるものがなかった。母と七海を交互に見詰めながら、おんおん泣いていたのだ。わたしは母に謝り、こうもり殺しの初老の男の話をした。あの恐ろしい棒に長いこと近寄り過ぎた、それで気が狂ってしまったからこんなことになった、と。そのときの母の顔は後にも先にも見たことがない。すっかり泣き止み、その話は誰にもしちゃいけない、と顔を真っ青にしていた」

安城さんの両眼がパチッと開いた。

「なんで誰にもしちゃいけないのよ？」

「憶測だけど、痴漢やなんかされたと疑ったんじゃないかな。ただの憶測だよ。本人に訊いてみたことはないんだから」

「クソだね。いや、クソ以下。土に返っちまえ！」

安城さんは声を荒らげた。

「まさか人の親のことを言っているんじゃないだろうね」

とわたしも声を震わせた。

「痴漢なんかされたら、とことん話を聞いてやらなきゃいけない。どう心に傷を負うかなんて簡単に想像つくじゃないの。何かあったら最悪の場合、閉鎖病棟送りだよ」

あっ、と安城さんは唇を結んだ。

「いんや。変なことはなかった。母にも話した通り、魔術を秘めた棒だった」

安城さんはふっと鼻で笑い、眼を細めた。

「あんたは嘘を吐いたねえ。あたしには解る」

わたしは首を振った。本当に嘘なんか吐いていなかった。

「正直に言いなブス。虚言癖。お前は須藤か」

「須藤さんなもんか。いや、須藤さんに失礼だ」

「病人に嘘吐いたら、あんたタダじゃおかないよ」

わたしは閉口した。安城さんに一度疑われたら十年は信じてもらえない。こんなとき、彼女は健康な人間より遥かに元気になる。実際、長いこと横目でわたしを睨んで観察していた。手や表情筋の動き、仕草一つ一つを逐一《ちくいち》だ。止む無くマスクを着用してその場をしのぐと彼女はしらけた顔をし、口を開けたり閉じたり、妙な音を出し始めた。

「唾が溜まんのよ。口が臭くて嫌んなるねえ。水を取ってちょうだい。キャップの開いてないやつよ。それと引き出しに入ってるストローをさして。冷蔵庫の水じゃない、常温のが机にあんでしょ、見えないの？　そう、それ。馬鹿、手袋なんかするな。消毒したなら素手でいい。とっととストローくらいさしな、手際の悪い女だねえ」

安城さんはベッドフレームに垂らしてあったスイッチを押して、ベッドの背を高くした。黙々と十分ほど休んだ。彼女は水が倒れないように脇に挟み、そのうちうとうとし始めた。さすがの安城さんでも罵倒するのにエネルギーを消耗するらしかった。

「今のあたしにはあまり体力がない。だからあんたが代わりに話をしな。あたしが途中で居眠りしても話を続けて、しっかり最後まで終わらせんだ。解ったね？　約束よ」

解った、とわたしは頷いたが、そこで妙な約束だと気付いたんだ。安城さんが寝てしまった後も話を続けてなんの意味がある。あんたは物書きにはなれない、とコケにされて固形石鹸を食べちゃったくらいだから、わたしは動揺した。けど彼女は本当に疲れていた。既に寝てしまったかもしれない。病に加えて副作用とも闘っている。わたしは念のためもう一口だけ水を飲んだ。

「母の話が出たから、ついでにその話をする。寝てしまって丁度良い。退屈な話なんだ。さあ、何処から話そうか。しょうゆって言ってごらんなさい、と母に訊かれたところからにしようか。そうだな。こんなことを訊くときは決まって誰もいないときだった。勿論、七海を例外として。生まれたばかりの七海はタオルケットに包まれて母の腕に抱かれていた。時折、頬をつねられたように手足をバタバタさせて奇声を上げ、母の袖に噛《か》みついた。母の顔には光と影が一枚の皮みたいにべったり張り付いていた。燃えるような夕陽がカーテンの隙間から侵入者のように入り込み、母の顔を半分照らし、もう半分を隠していたのだ。夕方の中途半端な時刻は苦手だった。夕飯まですることがないと退屈で、寝転がっているだけで疲れてしまった。わたしと母の間にはよく知れた重たい、だらけた空気があった。わたしは子供のとき、週に何度も不明熱を出した。だから、そのときも気怠《けだる》そうに視線を逸《そ》らして居間に散乱しているおもちゃをひとしきり眺めた。食べ残したお粥《かゆ》や、テーブルに散らかったカピカピの米粒、宙を舞う埃、引手が壊れた古い洋服ダンス、穴が開き放題の障子、壁に掛かったカレンダー。これが日が終わるごとに母が油性ペンで斜線を引くもんだから、汚くて見にくいんだ。わたしは母の質問から逃れるためによくそうやって居間を眼で一巡した。左から右へ。見るものがなくなったら右から左へ、繰り返しだ。

『早く言ってごらんなさい』

母は早口でまくしたてた。わたしは諦めて口を開いた。けど予想通りだった。母はがっくりと肩を落とした——やっぱり駄目ね、この子は上手に喋れない。

『いい、ちゃんと聞くのよ。きょうりゅうって言ってごらんなさい』

わたしは母の言葉を出来る限り正しく復唱した。でも声に自信のなさが現れてしまう。とてもじゃないけど母を直視できない。母の瞳にも影が差していたのだ。美人なママ。優しいママ。わたしが喋ると哀しい眼をする気の毒なママ。わたしは顔を伏せた。

『あんた、聞こえないの？』

わたしは頭をぶんぶん振り、聞こえるよ、と発音に気を付けて言った。

『ううん、あんたは聞こえていないのよ』

母は涙目で決め付けると突然、七海を置いて逞しく立ち上がり、急いで叔母へ電話を掛けた。数十分後、母の凄まじい怒鳴り声がして電話は切れた。しかし翌週、母は七海を叔母へ預け、わたしを病院に連れて行った。すぐに中耳炎と診断されたはずだけど、その翌週も、そのまた翌週も病院を巡った。不思議と母は車を使いたがらなかった。

『周りの人をよく見ていなさい』

と母は言った。だけど周囲の人の何を見ているべきなのか明確にしなかった。

『それは、あんたが自分の頭で考えなさい』

とぴしゃりと言い放ったきり、口を利いてくれなかった。わたしは仕方なく車内の大人たちを観察した。携帯も普及していない時代だ。自己啓発本に噛じりつく見苦しい人の姿も今ほどなかった。ぼやっと路線図や中吊り広告、流れる外の風景を眺め、さほど大きくもない物音にみんなして解り易く首を捻った。

人混みに入る際、母はわたしの手を引き、真っ直ぐ前を見なさい、と言い付けた。通りゆく人々の大半はスーツを着た男たちで、一様にせわしなく道の真ん中を歩きたがった。子供にだって容赦ない。ヌーの大群が一斉に大移動するような敵を寄せ付けない威圧感があった。母は大群のなかをわたしの手を引き、勇ましく歩いた。大人の歩調には大股で歩いたって間に合わない。握りしめられた手はずきずき痛みだし、足をつりそうだった。かかとが宙に浮いて水の上を歩いているみたいだった。母は一秒だってこちらに眼をくれなかった。わたしは母の注意を引くのを断念して、同じように前を見ることに決めた。人混みには滅入ったけど、勇敢な母の横顔は好きだった。わたしから母を奪った七海はいないし、二人の歩き方も随分似てきた気がしたのだ。昼食になると、たまには人が作るご飯もいい、と母は本当に幸せそうにした。病院なんてただの口実で、老舗《しにせ》のそば屋や天丼屋を探索したり、デパートの洋食を楽しみたいだけのようにも見えた。母が喜ぶと心臓をくすぐられたみたいに舞い上がって、ぴょんと飛び跳ねずにはいられなかった。しかし変な動きをすると母はあからさまに嫌がったので、わたしは踊るのを止めて引き続き大人たちを観察した。

埼玉県内の病院を回り、遂には東京都世田谷区にある国立小児病院に行き着いた。片道二時間も掛かったが、検査をして受診までにはもっと掛かる。早朝から歩き続けて二人共へとへとで、母は院内の売店でツナのサンドウィッチと、ツナのおにぎりを買った。

『やだ、二つともツナね』

と母はくたびれた顔で呟き、選びなさい、と言った。楽しかった旅に別れを告げる儀式のようだった。わたしは複雑な気持ちでおにぎりを選び、母はサンドウィッチを食べた。天井にはツタが張り付いたようなレールが伸びていて、時折ガタゴトと箱が流れた。

『レントゲン写真や、大切なカルテが入っているのよ』

と看護師が検査中に教えてくれたやつだ。ベンチでおにぎりを食べている間も、頭の上を箱は行き交い、壁の反対側に消えていった。箱を追いかけていた男の子は不満気に壁を蹴飛ばしていた。そうすれば秘密の門でも開くとでもいうように。わたしは呆然と白い壁を見詰め、壁を蹴飛ばす男の子を眺め、残りのおにぎりをすべて口の中に押し込んだ。

『また来たよ』

と母は天井を指差した。

『ね、あんたも一緒に遊んできたら？』

わたしは首を振った。

『どうして？』

ママと一緒にいたい、とおにぎりが邪魔で言えなかった。

『もう、つまらない子』

母が本当につまらなそうに溜息を吐いたとき、名前を呼ばれた。まるで戦場の医療所みたいな所だった。病気の子供とその母親たちでごった返していたのだ。悲鳴はひっきりなしに聞こえ、看護師は診察台の間を器用にすり抜けながら走り回っていた。隅っこでは巨大なネブライザーがゴーゴー音を立て、その前で片手にティッシュを握りしめた子供が五人、横に並んで座っており、反対の手に握った管を鼻に差し込んで上ってくる薬剤を苦い顔で一所懸命吸引していた。鼻水が垂れるらしく、笑われていないか隣の子同士を気にし合っていた。トリーチャーコリンズ症候群の子もいたし、隣の診察台の子は医者に右耳をいじくられている間、顔を歪めてぶるぶる震えた手で鼻血を押さえ、可哀そうに、ずっと泣いていたが、動いたら大変なことになるわよ、と母親にとどめを刺される始末だった。わたしはありとあらゆる医療器具を眼にして圧倒されたあまり、帰ろう、と母に飛びついた。中耳炎がそこまで大変な病とは考えもしなかったのだ。

『大丈夫だよ。わたしの方を見ていなさい。周りのことは気にしないでいいからね』

と担当医はにこりと微笑んだ。物腰の柔らかい医者だった。午前中にした一連の検査結果に眼を通し、わたしの右耳にペン式の懐中電灯を当てた。左耳も少し見て、また右耳を見、それをしばらく繰り返した。兎の巣穴でも覗くように念入りに耳の奥まで覗き、うむと唸った。

『まだ必要はないようですがね、いずれ簡単な手術はした方が良いでしょう。鼓膜にストローのようなものを刺して、なかに水が溜まらないようにするのです。風邪を引いたときは、おそらく老人ほどの聴力しかないでしょうからね』

手術と聞いて真っ先に母方の祖父の顔が浮かんだ。手術とやらで入院していたのだ。お見舞いも行った。行きたくなかったけど、お祖父ちゃん、もうすぐいなくなっちゃうかもしれないのよ、と母が執拗《しつよう》に良心をつつくので仕方なかった。ひどい臭いだった。これがまもなく死ぬ人間の臭いなのか、と気が気でなかった。点滴に逆流した血を見て、お祖父ちゃんのところにはとっくに死に神様が訪れている、と喉の先まで出かかった。会う度に身体はみるみる黒くなっていくし、母はお見舞いに行った日はひどく物静かで寂しそうだった。夕飯の準備にもえらく時間が掛かった。手術とやらに良いことは一つもない。案の定、母は泣き出した。わたしは診察椅子に身を埋め、ちらと医者に一瞥を投げた。

『お母さん、大したものではありませんよ。少し麻酔をして、ものの十分で終わります』

と医者は努めて明るく言った。子供たちの悲鳴はずっと響いていた。右隣の診察台には銀色のバットに血だらけの脱脂綿が積み木のように積んであった。母は手鞄からハンカチを出し、目元を押さえ付けて涙を拭った。

『老人ほどの聴力しかないんですね？』

と母は訊いた。医者は慎重に頷き、

『風邪を引いたり、熱などがある日はおそらく』

と一言一句、丁寧に話した。すると母の表情に光が差したのだ。ハンカチの奥で口元が緩み、デパートでハンバーグを食べるときのように笑顔が広がった。

『ほら、みなさい！　あんたはのろまなんかじゃなかった。だって全然聞こえていないのよ。今度こそ、叔母さんにそう言ってやる』

母はせいせいした色を浮かべて拭き残した涙もさっと拭った。わたしは絶句した医者を見て、異変を察した。どうやら叔母は電話口でわたしを中傷するようなことを言ったらしいんだね。二人の間で何があったのか詳しく知らないけど、要は反応が鈍い子より難聴の方が好ましく、ただのイカれた人間より、しっかり精神を患ってくれていた方がマシというわけだ。大病院の医者から御墨付きを頂いたその夜はすっかり立派な病人扱いで、叔母も旬の果物や高級な洋菓子まで出してくれた。母はご機嫌で、叔母はバツが悪そうにしていた。違和感。ひどい違和感だった。

しかし安城さん、こんな話は笑われるだけだ。わたしの反応が鈍くても難聴でも、わたしがイカれた人間であっても精神を患った人間であっても、変わらない愛を注いでくれ、なんて誰にも要求するわけにはいかない。その上これはわたしの記憶に過ぎない。すべて事実であるわけがない。どうか母のことは悪く言わないで欲しい。なら最初から話すなと思われるかもしれないけど、安城さんの手前、家族の話をしないわけにはいかない。よっぽど疑うだろうからさ。それに精神病院に入院して解ったんだ。わたしの家族は正常だ。安城さんが言うところのただの性格、そういう性分の人たちなんだ。だからね安城さん、わたしはより深く家族を愛さずにはいられなかった」

安城さんの口角がゆっくりと上がった。手探りでわたしを探していたので、彼女の手を握った。空気のように軽くて、しわだらけだった。その手にこもった異常な熱に驚いていると、彼女は手を握り返してきた。電流が流れるように、ひどく優しい気持ちが伝わってきた。君、その瞬間、わたしは最悪の気分になった。安城さんはわたしをちっとも恨んでいなかったのだ。彼女に手を握られ、わたしは知ってしまった。

　此処で何をしているんだ、とわたしは思った。何故くだらない過去の話なんか。彼女に恨みを晴らす気がないなら、何故連絡を寄こしたのだろう。白血病になったから？　余命宣告を受けたのだろうか。しかし、いずれもわたしに会う理由にはならない。様々な考えを巡らせたが解らず仕舞いだった。あの閉鎖病棟の哀歓に満ちた日々が沸々と込み上げてきて、どうしようもなかった。よりによって、わたしたちはまた病院にいた。まるで医療施設が二人を結び合わせているかのようだった。思うことは山ほどあったけど何もまとまらない。絶望的に感情が溢れんばかりだった。

わたしは安城さんの手を握りしめた。八年前、助けて、と彼女が手を伸ばし、しきりに哀願したのに誰も取らなかった手だった。わたしはあの声を聞いた気がした。助けて、という悲痛な声を。なに、良い話にすり替えてやろうだなんて、そんな下衆で浅ましい企みはない。閉鎖病棟で最後に安城さんを見たときの話を覚えているだろうか。拷問を受けたように失神していた、と。鎮静剤を打たれ、だらしなく顎が落ち、身包みも剝がされて病衣を纏っていた、と。両手足、腹回りをベルトで縛られた格好でさ。それも、わたしが狙って報復したからだ。
安城さんは笑みを浮かべたけど、体温は急激に上がっていて、唸り、寝汗をかき、呼吸一つで精一杯だ。そして眼を開けると混乱した顔で見下ろすわたしがいた。繰り返し？　そうとも繰り返しだ。人生は反芻するもの。君、とんでもないことさ。あんまりじゃないか。なあ。わたしは彼女の手をつかんだ。むざむざと同じことを繰り返すなんて冗談じゃない。今度こそ彼女の手をしっかりつかんで離すまい。そう神に誓った。神様なんかとっくに信じていないけど、とにかく誓ったのだ。そしてふと偽善という二文字が過《よ》ぎった。途端に自信喪失した。これも偽善なのか。見せかけの正義なのだろうか。やはり話を美化する気か。わたしは頭を抱えた。再び酷い事態を招く前に手を離し、早々に立ち去るべきなのだろうかと。

安城さんは眼を覚まし、幻でも見るようにわたしの顔を眺めた。わたしは買ったばかりのドストエフスキー『地下室の手記』を下ろした。一分は、そうやって見詰め合っていた。もしや記憶喪失かしら、と思った。改めて自己紹介でもしてみようか。いつまでも沈黙したきりだから、わたしは試しにその無垢《むく》な顔に微笑んでみた。彼女の眼が不快そうにきりっと吊り上がった。

「おい女狐。人の顔見てなに笑ってんのよ。正直に答えなきゃ殺してやる」

わたしはこくりと頷き、小説を鞄にしまった。

「毛という毛はないし、げっそりと痩せこけているし、足は使い物にならない。おまけに点滴が二つもぶら下がってて、此処は紛れもなく医療施設だからＮＡＳＡの隔離所で宇宙人と交信してるような気がしてならなかったけど、やっぱり人間だったからちょっぴり安心したよ」

「人間だった？」

「鼻くそが見えてるよ。ぜえぜえ息を吐く度に旗みたいにぴろぴろなびくんだ」

安城さんは声を上げて笑った。赤く乾燥した肌がひび割れして表情が引きつって見えた。唇の皮も少し切れたらしく、舌でペロッと血を舐《な》めた。

「なんだ、そんなことか。最低の女だ」

と安城さんは星天を見上げるみたいに天井を見た。

「鼻くそ取らないの？」

「こいつが人間の証なら取るわけにいかないねえ。あんたが言い出しっぺだよ」

「一つ、訊いてもいい？」

「なによ」

「辛い？」

「当たり前じゃない。あんた、本物の馬鹿だね。血液型が変わって、ついでにアトピーも貰って、食物アレルギーだって頂いちゃったかもしれないんだ」

安城さんは呼吸を切った。

「けど、寿命も貰った。赤ちゃんからよ」

「臍帯血《さいたいけつ》？　へその緒に含まれる血液だって読んだ。ちょっとは調べて来たんだ。どれくらい入院してるの？　次は何か持って来るよ。それが訊きたくて待ってたんだ。食べ物でもお菓子でも、そうだな、タオルとかボディローションとか物資寄付でもいいよ」

「わざと好かない言い方しやがって。出世したからって調子こくんじゃないよ。あんたまだ病気よ。間違いなくねえ。今すぐ再入院しな」

安城さんはわたしの顔面に唾を飛ばすみたいに息を吹きかけた。

「有難いね。安城さんに褒められるなんてさ。でも真面目な話、何も変わっちゃいないよ。それに作家ってのは狂人、社会不適合者、負け犬、珍獣、ジャンキー、無法者、へそ曲がり、浮気者、皮肉屋、貧乏人、身勝手で意地の悪い反社会的主義者のようなものと安城さんは考えていると思ってた。それなのに世間からは妙に信頼されるし、無暗に尊敬される種族でもあるから、てっきり毛嫌いしているかと。それとも、いや、わたしが輝いてみえるかな?」

次の瞬間、安城さんは鼻くそをつまんで飛ばしてきた。きたね!とわたしは飛び上がった。鼻くそが何処へ行ったのか探したけど、見つからなかった。

「クソ、落ち着かないな。何処行ったんだ。五十にもなってないくせにやりたい放題なんだから」

安城さんは見向きもしなかった。わたしは気を取り直して、何か欲しいものはある、と再度訊ねたが彼女はそっぽを向いたまま、ない、と冷ややかに言った。以前なら紙一杯に要らない物まで書いて、更に相手をズタズタに罵倒したろうに欲求一つ口にしないなんて、ひょっとして本当に余命宣告をされたのかもしれない。何度目かの沈黙から五分経過した。安城さんは時折、頭をぶんぶん振ったり、だらりと頭を枕にもたせたり、眠気と葛藤して白目をむいたり、かと思えば、ハッと眼を見開いて、わたしがいるか確認した。いい加減、帰るべき時間だった。長居してごめん、と小声で呟いて静かに立ち上がったつもりだったが、彼女は慌てて眼を覚ました。その勢いで鼻から豚の鳴き声のような音が鳴った。

「あんたが気を遣える人間になっちまったから地球が引っくり返る代わりに、あたしが白血病になっちゃったじゃないか、あんた、どうしてくれんだ！」

と安城さんは怒鳴った。わたしは半分腰を上げた体勢で鞄を拾おうとしていたところだった。彼女は手の甲で目蓋をこすり、硬直したわたしを見やった。

「今なん時？」

と不意打ちのような質問をし、

「ここからじゃ窓の外も見えやしない」

と言った。わたしは携帯を見て、七時半、と伝えた。面会時間は夜八時迄と決まっていたから、本当に潮時だった。

「こっちへ来てみな」

と安城さんは手招きした。棒のような腕を伸ばして、わたしのマスクを外した。服を脱がされるような気恥ずかしさがあった。彼女は、その眼にわたしの顔を焼き付けるように見入り、頰を二度叩いてきた。

「ありがとう」

と安城さんは言った。急に妙なことを言うもんだから、わたしは思わず噴き出してしまった。彼女は死ぬんじゃないかって、また悪い予感が頭を過ぎった。

「あんた知ってる?」

「なにを?」

「キャバ嬢よ。あいつら、接客中は冷たく当たることがあっても、客が帰るときはキチンと丁寧に礼を言うの。最高級の笑顔で、楽しかったってね。客が家に帰って寝る直前、自分の笑顔を思い出して、うん良い夜だったと思ってもらうためによ。別れ際が一番大事。キャバ嬢がいんのよ、隣の病室にねえ」

「で、わたしは客だって言いたいの?」

「そう。あんたはねえ、あたしの大事な客よ。楽しかった。またいつでも来て」

安城さんはわたしの視線が揺らいだのに気付いて笑った。君、わたしの感情が高ぶったのを見て取って、彼女は心から喜んでいたのだ。

わたしは足立区内の三階建てのアパートで暮らしていた。ワンルーム六畳半の部屋で、越した当日から毎晩、小さなゴキブリが少なくとも二匹は出た。

病院から帰り着き、後ろ手で扉を閉めると涙がわっと溢れて朝方まで泣き通した。一人だと泣き止むのにひどく時間が掛かるんだ。

わたしは安城さんの常連客になった。けど、彼女が言ったようにいつでも行ったわけじゃない。翌日、電話が掛かってきて、

「ここはあたしの家だから、やっぱり勝手に来られても困んのよ。解るでしょ？」

と言われた。わたしは受話器を片手に持ったまま頷いた。病気の種類は違えど入院経験はあった。誰の顔も見たくないとき、人に会えないときがあることくらいは想像できた。彼女は夜七時に電話するのを止め、朝食後の八時に掛けてくるようになった。今日は調子がいいとか、気が向いたから来なだとか、採血の結果が悪かった、と昼間に断りの連絡が来たときもある。わたしは彼女の承諾を得た日だけ病院を訪れた。相変わらず見舞い金も拒否するし、何一つ要求してこなかった。いらんことはするな、と鬼のような形相で言うのだ。こっそり冷蔵庫の水を足すくらいはしたが、それ以外は事前に用意された簡易椅子に座り、ぴったり夜八時まで、なんの為にもならない昔話を聞かせるだけだ。わたしは一方的に語り続けた。椅子に座ると妙なスイッ

チが入るまでになった。

　時に、自分の姿を斜め上から見下ろすような感覚に苛《さいな》まれて現実感を失った。フィルムのなかに閉じ込められたようだった。自分は実在していないようだったのだ。指なんかも気色悪かった。両手に芋虫を十四飼っているみたいにさ。自分の身体が自分のものでなくなる。周囲の人間が映画のエキストラにしか感じられない。おかげで、自分の話をしていても小説を朗読している気分だった。安城さんはわたしが長々と話すのを見守った。元々は彼女に、話せ、と言われたことだけど、言葉では表せないほど有難かった。実際そのとき、彼女の傍はこの世で最も安全な場所だった。心と身体が分裂した精神状態で、何を言ってしまうか解らないのに身の危険を感じなかったのだ。

　その夏、病院へ行かなかった日は誰とも会わなかった。コンビニエンス・ストアの店員や弁当屋の店員と一言二言、簡単な挨拶を交わすだけ。もう孤独はわたしの敵ではなかったから、特に虚ろな日々というわけではないけど、安城さんの顔を見られる日は足取りが弾んだ。飴玉とかチューイングガムを買って地下鉄に乗り、病院内の売店でチョコレートを購入するのがお決まりの流れになった。エレベーターで六階に着くまでの合間に汗を拭き、トイレに立ち寄り手を洗い、病室に入る直前にアルコール液で両手を消毒し、マスクを一枚手に持った。

ある日、安城さんはわたしがカーテンを開けるなり突然噴き出した。何処かに悪戯でもしかけたのかしらと見渡したけど、これといって面白いものは見当たらない。彼女は壊れたおもちゃみたいにけたけた笑い、小粒の涙を流した。左腕の点滴の管も暴れ回って血が逆流していた。

「その点滴、大麻でも混じってるの？」

とわたしはいつもの手順で簡易椅子を広げて水を飲んだ。

「昔、あんたの言ったことよ。ほら、最後に暴走したときの」

安城さんは言いながら眼をこすった。

「あんた、あたしに帰れよって怒鳴ったのよ。そんで、ここはあたしの部屋だから、あんたが自分の部屋に帰りなって怒鳴り返したら、あんた、なんて言ったと思う？」

「さあ、覚えていないよ。そんなことよりじっとしていないと点滴の針が抜けるよ。ほら、もうそこまで逆流してる。ああ血だ！　見てらんない！」

「部屋の話なんかしてねえ、てめえの母ちゃんのまんこに帰れってんだよ、婆！　って、あんたそう言ったのよ。この、あたしにね！」

「酷いね。自分でも嫌んなる」

「まあ十七の餓鬼じゃ、仕方ないね」

「いんや。そのときはもう十八だった」

と思わずロがすべってしまった。安城さんはちらと流し眼に見た。

「ふん、今のうちに殺しておかなきゃって思ったわよ。いや、あんとき殺しておきゃよかったのよ」

安城さんはベッドに横たわったまま、わたしの首を絞める振りをした。

「邪魔さえ来なけりゃ、あと一息で窒息死させられたのにね」

とわたしは言った。しかし、安城さんがいつまでも笑って暴れるから、点滴の機械がピーピー鳴り始めた。

「ナース!」と安城さんは叫んだ。君、これにはわたしが噴き出した。まるで犬でも呼ぶみたいに、あの病棟でも偉そうに叫んで看護師や補助員を呼び付けていた。通路にいた若い看護師の女はすぐにすっ飛んできた。

「あんた、点滴が鳴ってんのに、なに呼ばれるまでお喋りしてんのよ」

看護師はへらへら笑って誤魔化し、消音ボタンを押した。ピーピーいう機械音が止んだ。

「そうだ! ナース、こいつ誰だか知ってる?」

安城さんはビンゴに当たったみたいに言った。看護師は点滴に気泡が混ざっていないか確認し、ルートを指でとんとん叩きながら、わたしの顔を遠慮気味に覗いた。

「ごめんなさい。有名な方なのかしら？」

「まさか！　無名もいいとこ、この女どん底よ！　芥川賞作家じゃない女なんだからね！」

と安城さんはいよいよ盛り上がり、足が躍っていた。看護師はマスクの下でくすっと声を漏らした。

「安城さんの楽しそうなお顔を見られて嬉しいです。ちょっと安心しましたよ、いつもとても静かだから」

看護師がそう言うと、安城さんの表情が凍ったように固まった。

「用事が済んだならとっとと帰んな」

と安城さんは言った。

「そんな風に言わないでください。わたしだって傷付きますよ」

「傷付け、チッ、気にするもんか」

酷いなあ、もう、と看護師は笑い流した。精神科と同じく、患者に罵倒されても耐えて右から左へ聞き流すようだ。しかし、わたしが申し訳なさそうに座っていると、看護師の瞳が光った。

「因みにですが、わたしも芥川賞作家じゃない女なんですよ。というか、ほとんどの女性がですけど!」

看護師はしてやったりの顔をして、さっとカーテンを閉めて立ち去った。君、わたしは大笑いした。傍らで安城さんは、興醒めだね、とあと五年は腹を立てていそうな物言いだった。

「可愛い人だね」

「マスクしてりゃ誰でも美人よ。あんた、やっぱり病気だねえ。自己申告して入院しろ。それなら三、四日で外出許可も下りるし、いいじゃない」

「安城さんが退院したら入院するよ。わたしは欲しいものが腐るほどあるからね。安城さん、面会に来てくれるでしょう? 今度はそっちが客人として」

「電話番号だって教えてやんないねえ。一人で苦しめ」

「ついでに訊くけど退院はいつなの?」

「そういうことはついでに訊くもんじゃないよ、あんた。あたしにとっては一大事なんだから。それにねえ、そんな話はつまんないのよ。退屈じゃないの。ただでさえ退屈して疲れてんだ。ねえ、疲れんのよ、退屈って。物凄くねえ」

「うん。解るよ。物凄く」

ああそうだった、と安城さんは溜息をこぼした。

「みんな、あのときは退屈してた」

わたしは頷いた。買っておいたチョコレートを一つ摘まみ、ちらと点滴の終了時間を見た。あと三時間四十六分もあった。

精神病院では九割方、自分の病気について話したがらなかった。病気であることを恥じていたから。安城さんも例外ではなかった。あたしは適応障害よ、と誰にでもある病名を言いふらしていた。そりゃ、白血病であることに後ろめたさはないだろうけど、どうしたってデリケートになってしまう。彼女が病状を話す気になるまで待つべきだろうか。しかし、気長に待っていていいものか、わたしは躊躇《ためら》った。

安城さんはストローから水を飲み、例によってボトルが倒れないようにがっちりと脇で固定した。点滴の機械が鳴る心配はもういらなそうだった。

「あんたの母親だけど――」

と安城さんは口を切った。

「言ってやりな。あたしはお母さんが狂人だろうが性悪だろうが愛してるって。今からでも遅くないよ」

「寝ていたんじゃないの？」

「ちゃんと起きてたわよ」

わたしは落ち着かなくなって水を口に含んだ。しばらく口に溜めておき、時間を掛けて喉に流した。それからチョコレートをまた一つ摘まんで、うむと唸った。

「随分と前のことだからな。母は、いや、家族はわたしがどうなったって家に迎え入れてくれた。愛されていると知るのに時間が掛かっただけなんだ」

「あっそ。面会に来る姿も見てないし、来たって噂も聞いたことないけどねえ。でも、あんたがそう言うなら事実なんでしょうよ。ねえ？　入院中にあったこと家族はどう思ってる？」

安城さんは容赦なかった。

「入院中の話は一切無用、家族には無関係だからね。安城さんの家族は？」

「今はあんたの話をしてんだ。あんたの本を読んで家族はなんて言った？」

「そういう話はしない」

「家族揃って都合のいい人間か。あんたらは傷口に触れるのがそんなに怖いのかい。だから気持ちがぶれるんだね。一体なんの話ならすんだ。妹の話？　なら、その妹とは？　こそこそ親の陰口言い合って鬱憤《うっぷん》を晴らすのかい？　大した愛だね、羨ましくて吐き気がする」

と安城さんは乾いた笑いをした。わたしは頭から水を浴びたい気分だったが我慢して、

「七海は素晴らしい人だよ。安城さんもきっと気に入る」

「ほう？」

「優秀なんだ。大学にも行った。わたしはそこまで辿り着けなかった。これは、わたしが好きな話だから何度も聞かせてくれるんだけど、お姉ちゃんと正反対の道を選んで、真逆のことをしたから今の自分があるって言うんだ。七海は冗談交じりで本当のことを言う。わたしは七海のそういうところが好きなんだ。ちょっとやそっとのことで精神崩壊する人間じゃないって理解してくれているからさ。七海がいなかったら、わたしは社会に戻って来られなかった。何をしても駄目だった。職も転々とした。お姉ちゃんには伝えたいことがいっぱいあるんだから書いてみたらいいのに、と勧めてくれた。幸運か不運か、本は出版された。とんでもないことをしたと後から胸騒ぎがして、食事も喉を通らなかった。馬鹿だからいつも気付くのが遅いんだ。けど七海は応援してくれた。両親とも七海には弱いから、わたしがすることは黙認されてる。今更、何を言うこともない」

「もういい、つまらない」

と安城さんは言った。

「死に際まで待ちな。余命を悟るとへこたれて素直になれるかもしれないし、天国への切符を買うためについ思ってないことを口にするかもしれない――。なんて顔してんだい」

「安城さん、死ぬの？」

「よくもまあ、あたしにも死に神が来たってか？　勝手に殺すんじゃないよ」

「安城さんに死に神は来ていないよ」

「あっそ」

「神様も来たことないだろうしね」

「なんだ」

と安城さんは脇に挟んであった水を差し出してきたので、わたしはそれを受け取って机の上に戻した。

「天国があるのかないのか、死んでみないことには解らないけど、地獄ってのはこの世を指すわけだから、安城さんには地獄がぴったりだ。ずっと此処にいたらいい。わたしと一緒にさ」

いてて、と安城さんは右目を瞑って体勢を変え、

「チョコ一つ頂戴」

「一袋置いていくよ」

「そんなにいらないよ。一つで十分」

安城さんは口の中でチョコレートをころころ転がした。わたしはチョコレートが彼女の口の中で転がり、溶けるのを待った。

「チョコなんて久しぶりだねえ」

「安城さん」

「なによ」

「白血病治るんだよね？」

「治るわよ」

「嘘吐いたらキレるよ。わたしみたいなのがキレたら何するか解らない。その点滴の針をぐいぐい奥まで押し込んじゃうかも」

「もっとよく調べてみな。白血病は治る病気になったのよ。昔とは違う。しけた顔すんなら帰んな。免疫力が下がる」

「ああ死にたい」

確認できたからもう大丈夫、とわたしは言い、彼女が話題を切り替えるのを待った。しかしあっちも黙っていた。今回はわざとさ。君、安城さんはわたしが口を開くまで何もしない気だった。余計な考えが巡って一文字も浮かばなかった。何か言わなきゃと焦るほど思考は固まり、やがて完全に停止した。沼にはまった感じだった。

「あたしは退屈してんの」

と安城さんは同情するように言った。

「退屈って身体が元気な人間の特権よ。症状が酷かったときは退屈だなんて感じることもできなかった」

まるでその視線の先に自分のもがき苦しむ姿が映し出されているように、安城さんは虚ろな眼で遠くを見ていた。

「今のあたしにはその特権がある。贅沢してんのよ。解った？」

解った、とわたしは我に返って頷いた。よいしょ、と上体を起こして安城さんはベッドフレームに寄り掛かり、水に手を伸ばしたがボトルを倒してしまった。わたしは慌ててボトルを拾い、シーツを拭くためにお手洗いにあるペーパータオルを取りに行こうと椅子から立ち上がった。

「そこ」

と安城さんはキャビネットを指差した。開けると三十年は使い古したような布切れがあった。じっくり見たら『安城』と油性ペンで名前が書いてあったかもしれない。まるでくたくたになった母の手鞄を見たときのようにいたたまれない気持ちになった。

「そんなに慌てなくても、たかが水だよ」

うん、とわたしは頷き、布切れを濡れたシーツに敷いて上から叩いた。安城さんも一緒に叩き始め、不意に思い出したように布団を捲り、ダンゴ虫みたいに丸まってふくらはぎから太腿のあたりまでひとしきりぽんぽん叩き、むくんだところを揉み解した。足の爪が幾らか茶色く変色していた。足首はパンパンに腫れているし、君、点滴をしていない右腕には悲惨な数の注射痕があった。あまりに痛々しくて、わたしは顔を歪めた。

もういい埃が飛ぶ、と安城さんは言った。

「ね、マッサージしようか。上手くはないけど」

「上手くないマッサージなんかいらないよ。余分なことはいいから話の一つでもしな」

「また？」

「その椅子に座るならねえ」

と安城さんは怪しく微笑み、

「思い浮かんだもの、なんでもいい。そうだ、浮かぶまで何も話さなくてもいい」

と言った。君、まったく不可解なリクエストだと思わないか？　果たして退屈しのぎに役立っているのだろうか。

「ぱっと浮かぶのは、この間の続きくらい」

とわたしは言った。安城さんは嫌味たっぷりに白目を剝いた。

「また母親かい！　あんた、本当に入院した方がいいかもねえ」

「確かにしつこいね。ね、安城さんの家族はどんな？」

それとなく訊いてみたけど、そんな話をする体力はない、と安城さんは首を振った。

「気力じゃなくて？」

「体力だ」

ツンと鼻に付くくらい噓臭かったけど、わたしは諦めた。安城さんは準備万端といった感じに両眼を閉じていた。

ろくに「しょうゆ」も発音できなかったと話したね？　すっかり自信喪失していると、母は近所の教会にわたしを連れて行った。その教会のことなら針に糸を通すより簡単に思い出せる。例えばあの坂道。なんてことない平坦な道を右に折れると、突如現れる急な坂道があった。まるで定規で線を引いたような見事に直線に伸びた道。快晴だと坂道の天辺に突き抜けるような青空が広がり、気持ちのいい風が吹き抜けた。下から見晴らすとなかなか壮観な景色だった。わたしは地平線を一望するように道の向こう側を眺め、想像を膨らませた。どんな世界が待ち受けているのか期待で胸が高鳴り、埼玉県にあるはずのないターコイズブルーの海辺を想像したり、いや威風凛々とした英国調の古城があってくれと熱望したり、やっぱりドラゴンの巣穴なんかがい い、と夢想に浸かりながら、いざ頂上に達すると嫌気がさすくらい味気ない住宅地があった。そのなかに隠伏して教会はあった。控えめな木製の十字架がちょこんと外壁に張り付いているだけで目立った看板はない。地域の暮らしに寄り添った結果というふうに物足りない印象さえ受ける建物だった。

毎日曜、母はわたしを教会に預けて、七海が泣くといけないから、と家に帰ってしまった。わたしは礼拝堂の長ベンチに座り、頭上を飛び交う韓国語を右から左に流しながら、変わった塾だな、と首を傾げた。その教会は韓国人の牧師さんがいるところだったのだ。二年前に日本に移住してきたばかりと聞いていた。綺麗な奥さんと一人息子のミンソと三人で。ミンソはわたしの二つ上。きちっとした身なりで、大抵は二十人分の昼食を用意する母親の隣で手伝いをしていた。礼拝堂には立派なグランドピアノがあり、みんなは韓国語で賛美歌を歌った。わたしはラジオで外国の番組を聴くように賛美歌を聴き、牧師さんのお説教を聞いた。そのうち、アンニョンハセヨ、と挨拶を覚えた。子供たちは面白がって次々と新しい単語を教えてくれた。主に幼稚な罵り言葉だったけど、その甲斐あって喋るのが億劫《おっくう》でなくなった。彼らはわたしが言い間違えたって、上手に発音できなくたって猿を見るような眼をしなかった。ざっくりと、そんなもんだろうと当然の態度をしていた。韓国語であれやこれやと怒鳴るように話す大人たちは見ているだけでスカッとした。唾が飛んできてひゃっと声を上げると、妙な日本語で、おも大丈夫、と気恥ずかしそうに笑い、顔面がひりひりするほど力を込めて顔を拭いてくれた。彼らは言語をものにすることがどれほど困難かとうに知っていたのだ。

「ちゃあ、これでまた美人さん」
と独特な日本語の発音で笑いかけてくれた。わたしは感激した。ミンソの父親、牧師さんもそう。不慣れな日本語で頻繁に話しかけてくれ、昼食の際は必ず隣に座った。彼らが堂々と言葉や発音を誤る姿は眼から鱗で、とても勇敢で、何より格好良かった。母はそのことを伝えたかったのだろうか。変わった手段だけど、重圧に負けて言葉がつかえる失態は不思議なほど減っていった。

だけどミンソ。ああミンソの声を耳にしたとき、わたしは全身が震えあがった。高層マンションの屋上から転落したみたいに内臓が浮き、烈しい嫉妬で鳥肌が立っていた。ミンソは子供らしからぬゆったりした立ち居振る舞いで一言一句、完璧な日本語を喋った。ものの二年で日本語を習得してしまったのだ。彼の日本語は美しかった。おまけに悠々と韓国語も操る奇術師で、ミンソが口を開くと人は自然と耳を傾けた。よく通る声質と温厚な口調だった。母もえらく感心して希少生物を見る眼でミンソをまじまじと見詰め、うっとりとした溜息を吐いた。

家で母はミンソのことを「教会の子」と呼んだ。それがわたしには「神様の子」と呼んでいるように聞こえた。それ故、隙をついて背後から押したり、つねったり、あの手この手で彼に嫌がらせをしたかったのだが、ミンソはいつも最前列のベンチに座り、移動中も他の子供たちに囲われていた。わたしは離れたベンチに腰掛けて、彼の頭と睨めっこした。美人な母親に似て美男子だった。しかし、その小綺麗な外見から滲み出る気取った雰囲気は好かない。彼に対する妬み、僻《ひが》み、憧れは日々救いようのないほど酷くなっていった。昼、いつものように大広間に豪勢な韓国料理がホテルのブッフェみたいに並んだ。わたしは輪郭が変形するまでチャプチェを口に詰め込み、几帳面にキムチを避け、ビビンバから丁寧にコチュジャンやナムルを取り除き、最後にまとめて棄《す》てた。元々野菜嫌いで、辛い野菜なんてゲテモノくらいに思っていた。ミンソはその一部始終を見て顔を真っ赤にした。無遠慮で喧嘩腰な眼付きだった。キムチを棄てたくらいで、とわたしは思った。わたしは「神様の子」にはとても似合わない面貌に向かって舌をむき出した。ミンソはハッと視線を逸らしたが、わたしが笑い声を漏らすと人が変わったように急に淡々と喋り始めた。

「大人になったらきっと苦しむ。お前が嘘吐きだからだ」

わたしは面食らった。返答にまごついている隙にミンソは去っていった。鋭く光る彼の賢い瞳は脳裏から長いこと離れなかった。わたしは確かに苦しんだ。でも安城さん、わたしは嘘吐きだから苦しんだんじゃない。真実に口を噤んだから苦しんだのだ。それとも、ミンソはそれも嘘吐きというだろうか。

半年後——母が何処かしらの神様に当てずっぽうで祈った甲斐あってか、わたしは試験に合格して小中高一貫のキリスト教学校に通うことになった。学校のシンボルが刻まれた黒革のランドセルを背負い、電車通学をした。担任教師から教会カードを配付されるので、毎日曜は変わらず教会に行き、牧師さんにスタンプを押してもらって、月曜の朝いの一番に担任教師に提出した。聖書にも深く触れるようになったけど、信仰という概念はまだなかった。ただミンソの預言めいた発言は聖書の影響もあったと知り、家で日本語の聖書に読み耽るようになった。するとなんだ、せっかくできた瘡蓋《かさぶた》を剥がして傷口を引っ掻き回すようだった。わたしは聖書を気に入り、小人を探すためには随分と酷いことをしたと思い知った。罪悪感で居ても立ってもいられず、公園で聖書を朗読した。小人に誠意を持って謝罪したかったのだ。しかし、相変わらず姿を現してくれなかった。桜の木の根っこをぼんやり見ているうちに無性に寂しくなった。

二度と石畳や土を掘り返したらいけないよ、と母に口酸っぱく言われていたが、わたしは植木屋の庭に忍び込んだ。あと探していないのはそこくらいだった。わたしは植木屋に見つかっても名乗らなかった。

「何処の家の娘か知ってるぞ！　懲《こ》りない奴め、次来たら家まで行ってやる！　出てけ！」

と怒鳴られ、わたしは尻に火が付いたみたいに道路に飛び出した。普通ならその足で帰るところだけど、わたしは家と反対方向へ走った。名前なら簡単に捨ててやるのに、小人は手放せなかった。夢や望みを抱くなんて虹を追いかけるようなもの。わたしは小人を見つけられず、神様にも背き、ついに見放されたと嘆いた。乱暴者は小人には会えない。いくら子供とはいえ、人間相手では力負けしてしまうから小人は清らかな心の持ち主にしか姿を現さない。キムチだって棄てたし、石畳を引っくり返して蟻の住処も奪った。きっと、こうもりもたくさん死んだ。そうだ、とわたしは思い出した。よくよく考えれば、こうもりが悪魔の手先だなんて聖書に記されていなかった。わたしは急ぎ足で交番へ向かった。警察官にこうもり殺しの初老の男の話をした。ひどく興奮していたせいで自分でも何を喚いているのか時々見失った。警察官はくすくす笑いながら一応話は聞いてくれ、夕方になったら公園を巡回する、と約束をしてくれた。わたしは公園に舞い戻り、桜の木の下で待った。これが最後の賭けだ、と。雲は右から左に流れて千切れた。鳥の一群がブーメランのような形状を保持して朱に染まった日没を背景に飛んでいた。スズメは小枝で休まり、こうもりが散らばり始めた。五時のチャイムが鳴った。警察官は巡回に来なかった。小人も来なかった。

わたしはうろたえた。とっくに手遅れだったのだ。小人は顔を出さない。雑草がお尻に刺さり、ちくちく痛んだ。わたしはじっと我慢して風の音を聴いた。濁った小川の水面と睨み合っていると、厳しい視線を投げるミンソの瞳が鮮明に思い浮かんだ。彼は教会の子、神様の子、血筋もいい、犬でいう血統書を持っているようなもの。わたしは手に汗を握った。彼は良い耳も持っている。知性的で、みんなに慕われている。彼のパパは牧師さんで、ママは凄腕シェフ。一人っ子だから両親はいつも傍にいる。わたしは鼻水を袖で拭った。完璧なミンソなら小人に会ったかもしれない。澄んだ心を持ち、誓いをたてることに慣れているミンソなら、きっと小人にも信頼される――わたしたちの在り処《あか》は、絶対に人間に口外してはならない、あれは低俗な生物だからね――ミンソは低俗と聞き、わたしの顔を真っ先に浮かべて賛同したろう。確かに彼女は嘘吐きさ、と。いくら考えを否定しても振り払えなかった。わたしが初老の男を通報したのは、こうもりの命を救うためじゃなかった。金貨を差し出すようにこうもりの命を博打《ばくち》台に置き、神様と和解をして小人をおびき寄せようとしたのだ。わたしは悄然《しょうぜん》とし、性懲りもなくおんおん泣いた。小人たちが最も嫌う、みっともない大声で。

第三章

月がいない。みんな、とても不安になった。何故月はいなくなったのだ。昨晩もいなかったんだろうか。それとも、わたしたちの眼までおかしくなってしまったか。そう気を揉んでいると団欒室の一番左端の窓に白く冷たい月が忽然と現れ、緩やかに右へ右へとずれていった。わたしたちも感嘆の声を上げて右へ右へと移動した。ついに壁にぶち当たると月を追いかけて各々の部屋へ散らばった。わたしと君も部屋へ戻り、面格子が付いた小窓の前で肩を合わせた。君は面格子に手を引っかけ、唇を噛み締めた。しかし、ほどなくして月は小窓からも姿を消した。君は消沈し、背中を丸めて面格子から手を離した。無言のうちに仕切りのカーテンを閉め、ベッドに乗り、睡眠薬が効くのを待った。

「ね、モンキーライトって何？」

と君の囁く声がした。昨晩、わたしが君に読んだ詩だ。わたしは上体を起こして君の気配を探した。おそらく枕を抱きしめて膝を折っているだろうと予想した。

「イルミネーションや何かかな。わたし、真冬のイルミネーション好きよ。物凄く綺麗なんだもん。ね、他にも聞かせて。眠たくなるまで、ずっと」

いいよ、とわたしは君の光る腕時計を貸してもらった。真っ暗で何も見えないんだ。

「カリール・ジブランの『預言者』を持って来てあるんだ」

とわたしは言った。

「カリール、何？」

「ジブランだよ」

「でも、わたしは他の人の詩が聞きたいわけじゃないの」

「他の人？　ジブランの詩は他とは違う。きっと君も気に入る」

一生に一度は読むべきだよ、と説得を試みたが、君は頑なに拒絶した。わたしは、君はとても優しい人だと思った。

「解った。でも、次は君の番だからね」

「うん。知ってる」

と君は少女のようにくすりと笑った。腕時計の明かりを灯すとノートが青く染まり、インクが浮いて見えた。仕切りのカーテンは空間を線引きし、真二つに分断していた。わたしは独り。君も独り。わたしたちは共に独りだった。自分の詩を朗読するなんて、相手が君でなければできなかった。読みながらわたしが取り乱して感情的になったりしても、君は静かに聞いていた。なんというか、川を間に挟んで岸を歩いているような気持ちだった。時々、向こう岸で君は足を止めてこちらを見る。わたしも遅れて立ち止まり、君を見詰め返す。君は首を振ったり、軽く微笑んで頷いたりして、再びゆったりと歩き出す。そして、ごく稀に何か意見しようとし、片足を川に突っ込む。川水は心臓が縮こまるほど冷たいが、君はびしょ濡れになって凍えても川を渡りにやって来る。両足の感覚はなくなり、歯はガチガチ言う。手指は氷結し、君は息を止めているように見える。詩を読むのも、それを受け取るのも身投げするのと同等に恐ろしいこと。ましてや意見を述べるなんて危険な賭けだ。それでも声を震わせ、一所懸命に語る君の言葉は、耳を塞ぎたい厳しい真実であろうが傾聴する他ない。決死の思いで川を渡ってくれたのだから。君、わたしたちはそんな風に同じ方角を向いて歩いていくのだろうと思った。

「ね、どうしてわたしと友達になってくれたの」

と君は訊いた。わたしは変な顔をして首を傾げた。

「いえ、わたしたちはどうして友達になったんだろう」

と君は言い直した。

「だって、誰もわたしと同室になりたくなかったのに。あなたは手を挙げて、君がわたしと一緒でも構わないなら、と言ったのよ」

向こう岸で、君がまた歩き出した。

「誰ともこんな風に関わったことなかったの。だから、わたしはまだ全然解らない。人が何を考えて、何を感じているのか、ちっとも解らない。こうして詩を聞いているときだけ。ああそんなこと考えていたのね、と後から知るの」

「わたしだって同じだよ。君のことなんてちっとも解らない」

「楽しいね」

と君は笑った。

「解らないって楽しいね。これから色々なこと知っていくんだもん」

うん、とわたしは声に出して頷いた。

「わたし、こんな簡単なことも初めて知ったのよ。だってね、あなたは初めての友達だから。男子寮から女子寮に移動するなんて望みもなかった。夢や望みを抱くなんて虹を追いかけるようなものでしょう？　でも、初めて守ってくれる友達と会えて、同室になって、更に輪が広がって。男性恐怖症の竹内さんも、わたしに女子トイレを使っていいって言ってくれたの。とんでもない奇跡を生きているみたい、と感謝したら、吉田ママは奇跡じゃなくて当然の権利だったのよ、と。須藤さんもね、使わせてもらえたんじゃない、女子トイレを使ったのよ、とカッとなってた。でね、そんな夢のような一日の終わりには、初めてこうして眠るまで大好きな友達と夜通しお喋りしてる。この手に虹をつかんだの。ね、信じられる？　わたし、虹をつかんだのよ」

わたしは男子トイレの前で下腹部を押さえ、床に丸まっていた君の姿を思い返した。男子寮の男がトイレの出入口を塞いでいたのだ。心が女ってことは俺らのちんこ見て昂奮してんのか。自分のちんこ見て昂奮してんのか。自分にむらむらするってどういう気分だ、え？　気持ち悪《わ》りい。おっと、誰もいないときに小便してくれよ。オカマがいるんじゃ誰も使いたがらないからな。わたしは偶然君を見つけた。洗濯をしようと男子寮の通路を横切ったから。わたしは強引に君を立ち上がらせ、女子トイレに押し込んだ。君の泣く声と小水の音が重なり、ひどく惨めだった。実は、そのとき安城さんが来たんだ。彼女は洗面台の蛇口を全て捻り、君の音をかき消した。そして何も言わず去っていった。君は知らなかった。蛇口の水が三台とも流れっぱなしになっているのを見ても、放心状態で不思議にも思っていなかった。まるで湧き水に手を突っ込むみたいに涙でぐちゃぐちゃになった顔を洗った。

「ねえ、君は性同一性障害なんて病名を本気で信じてるの？」

とわたしは訊いた。君は、信じるとか信じないとか都市伝説的な口承ではなくて、歴《れっき》とした障害なのよ、と淡々と説明した。

「けど、妙じゃない？　君の心が女で、どうして名前なんか付けられなきゃならないの？」

太陽はどうして丸いのって小さな子に訊かれているみたい、と君は少し間をあけて言った。

「太陽はどうして丸いの？」

とわたしは訊き返し、君はくすりと笑った。

「いや、わたしは大真面目に訊いてるんだよ。だって、君の病名に寄り掛かって得をした人間がいるはずだよ。君の担当医だってそうさ。君は慎重に主治医を選ぶ立場でいなければならない。けど連中はそうさせない。精神病院に運ばれて来た日から、わたしたちに主治医を選択する自由はない。だからね、君は全てを鵜呑みにしちゃいけないんだ。病名を頂戴したら、まずは一歩引くことだ。注意をした方がいい。これから色々と病名が増えるだろうからね。連中は君を受け入れる気はない。君のほとんどを時に笑顔で、時に冷然と区別し、分断する。性同一性障害と正式に線引きして得をした人間に、君が耳を貸す義理はないはずだよ。ねえ、もう一度訊くけど、性同一性障害なんて本気で信じる気？」

「ごめんなさい。わたし、もう寝なきゃ。薬が効いてきたみたい」

わたしは腕時計の明かりを消した。しかし、通路の光が仄《ほの》かに漏れていた。閉めたはずの扉が僅かに開いていたのだ。

「もう一つだけ聞かせて。途中で寝ちゃうかもしれないけど、聞きながら寝たいの」

わたしは頷いた。君は悪い夢にうなされたから。死ね、と君の脳内で寄生虫がささめくのだ。その声は君を支配し、心を蝕んだ。わたしはジブランの詩を朗読した。

「道ばたや市場で友と出会ったら、内なる魂が唇を動かし、舌を導いてくれるのにまかせよう。声の奥にある声が、耳の奥にある耳に、とどくように話そう。友の魂は、その色が忘れられ、その杯がなくなったあとまでも、まるでワインの味を覚えておくように、心の真実をきっと覚えていてくれる。」

　君の寝息がして、わたしは本を布団のなかに隠した。片足ずつベッドから降りて、扉を閉めようと冷房で冷えたドアノブに手を掛けた瞬間だった。安城さんの顔がぬっと目の前に現れたのだ。彼女はわたしが悲鳴をあげないよう口元を鷲掴みして押さえ付けた後、真っ赤なマニキュアを塗った指を立て、しーっと口を尖らせた。黒髪を一本に束ねていたから、薄暗いなかでも表情は見て取れた。彼女の黒目は不規則な動きをしていた。相当、薬が効いていたようだ。隠し持っていた分を過剰摂取したのだろうか。タンクトップの肩紐は滑り落ち、下着をつけていないから乳首が丸見えだ。彼女はわざとがましく勿体ぶりながら手を離した。わたしが急いで息を吸い、げほげほ咳き込むと彼女は笑った。通路には誰もいない。ナース・ステーションの蛍光灯が田舎道のガソリンスタンドのように際立っていた。しかし、そこにも誰もいなかった。ガチャン部屋で猛り狂う患者の世話をしているのか。今すぐ点呼に回る様子はなかった。

「こんな時間になにしてんの」

「ん？　トイレに行こうとしたら声が聞こえたのよ。うるさいのよ、あんたたちの声。寝れないじゃない」

と安城さんはいつになく平気で嘘を吐いた。団欒室でたむろしている患者は一定数いたし、わたしたちは囁きあうように小声で話していた。それに、確実に扉は閉まっていたのだ。

「申し訳なかったね。じゃ、今度こそ扉が勝手に開かないように寝るとするよ」

わたしは強めに言い返し、ドアノブに手を掛けた。

「あんたが書いたの？」

「書いたって？」

「さっきのよ。友の魂はワインのなんちゃらいう前、お粗末で長ったらしいやつ」

わたしは内心カチンときたが、見栄を張って、さあ、と肩をすくめた。

「さあ」

安城さんも真似をして肩をすくめ、鼻から豚の鳴き声のような音を鳴らしてけたけた笑った。

「あんた、自分は賢い人間だと思って人のこと馬鹿にしてんでしょ？　いいのよ、別に。あんたみたいな屑、どうだってねえ。あたしはそこまで落ちてないんだからねえ」

安城さんは胸を押さえてしゃっくりした。やはり薬の飲み過ぎだ、とわたしは思った。

「で、誰が書いたの？」

「誰でもない。ただのお遊びだよ」

「なんだ。割と利口じゃない。将来は物書きになるとか妄言を吐いたらどうしようかと思った」

「まさか！」

自分でも吃驚《びっくり》するほど声が出た。誤魔化そうと焦った挙句、みっともない空笑いをしてしまった。

「そうよねえ」

と安城さんはニヤついて一度呼吸を切った。

「精神病院に入って物書きになるなんて今更、古臭くて冗談にもなりゃしない。ありきたりすぎんのよ。あんたがジョン・レノンだったら祝福されたかもしんないけど、あんたはジョンでもないし、レノンでもないし、可哀想に、あんたはただの虫けらで――」

「誰もわたしなんかに興味はない」

とわたしは安城さんの文を終わらせた。

「あら。そこまで突っ込む気はなかったのに自分で認めちゃったんじゃ是非ないわねえ。でも、本当に物書きになるつもりがないってんなら夢の一つでも言ってみな」

わたしは身体が燃えるようだった。しかし安城さんの前で感情を手放しにするのは、丸裸で竜巻に飛び込むようなもの。わたしは少し熱が静まるまで通路を眼で一巡した。右から左へ。見るものがなくなったら左から右へ、繰り返し。

「夢は、一文字も書かなくなること」

そう言った矢先、顔面に唾が飛んで頭が真っ白になった。安城さんは深夜ということを忘れて馬鹿笑いしたのだ。甲高い声は男子寮まで響いたろう。わたしは動転して手が痙攣《けいれん》したように震えていた。腕を引っかいて皮を脱ぎ捨て、全身を赤い血で染めて舌で舐めまわしたい衝動に駆られた。でなければ地獄の業火で骨まで溶けて消えてしまいたい。しかし、わたしは自分の後頭部を見下ろしていた。哄笑する安城さんを天井からぼんやり眺め、通路全体を見渡していた。世界は禍々《まがまが》しくうごめき、天井や壁がくねくね踊りだした。視野が狭まり、辺りが圧縮されていく。空は窪み、時空も歪んでいるところだろうか。じきに悪魔がやって来る。わたしは発狂したい気持ちを押し殺した。鎮静剤を打たれてガチャン部屋に幽閉される。ああもうすぐこうもりがやって来る。わたしを捕らえにやって来る。

「呆れた!」

安城さんは大喝した。

「物書きになろうとしても、あんたがなれるはずないでしょ。さっきの詩なんか酷いもんよ。あたし、そこで笑いを堪えるのに必死だったんだからねえ」

安城さんは腹をよじりながら通路を指差した。しかし、そこも波を打ち歪んでしまっていた。

「あんたはあれっぽっちの能力で物書きに憧れてんだ。実らないからって、それっぽいかこつけしてねえ。情けない奴。せめて、これ以上は時間を無駄使いしないことねえ」

安城さんは小人に脇腹をくすぐられるみたいに笑い続けた。可笑《おか》しくて可笑しくて仕方ないのだ。そのとき、ナース・ステーションの鉄の扉の鍵が回る音がした。微かに、しかしはっきりと聞こえた。

——来る！

わたしと安城さんは沈黙のなかで叫び合った。ご主人様の足音を聞き分ける犬だ。彼女はさっと背を向け、わたしはベッドに飛び乗った。扉を閉めることなんか心配しなくていい。看護師のスリッパの音が接近していた。数十秒後には懐中電灯の明かりを顔面に浴びる羽目に遭う。一方、安城さんのあの様子じゃ、部屋に戻れずにトイレに逃げ込んだか、朦朧と通路に突っ立っているかもしれない。わたしは頭まで布団を被った。心臓の鼓動が物凄い速さで波打っていた。案の定、看護師は懐中電灯を照らして布団を捲った。わたしは小魚みたいにびくっと怯えた。看護師は真顔で一瞥し、わたしは岩の裏に隠れるように両手で顔を覆った。看護師が女子寮の点呼回りを終え、少ししてわたしは洗面所に向かった。頭の片隅でどうかしていると思うには思ったけど、なす術がなかった。洗面台にぐちゃりとこびり付いた半乾きの固形石鹸を外し、数週間ぶりの御馳走にありつくようにむさぼり食っては嘔吐《えず》き、嘔吐いてはかじりついた。物書きになど乞い願ったことはない。絵描きにだってただの一度も憧れたことはない！　連中は不憫な生きものだ。彼らこそ憫然《びんぜん》たる不幸者。書かなければ魂が打ち砕かれ、人生に色彩を失ってしまうのだ。君、わたしは心底同情していたのだ。彼らを、芸術家を、ひどく孤独で哀れな生きものだと。

☽

エレベーターの扉が開く前から安城さんの酒焼けしたしゃがれ声がしていた。彼女はデイルームの長椅子に胡坐《あぐら》をかいて、他の患者たちと談笑していた。広い窓から夕焼けがこぼれていて、これが日焼けしそうなくらい眩しかった。しかし看護師がカーテンを閉めようとすると安城さんが途端に激怒したものだから、看護師は妥協して半分だけ閉めた。安城さんは上下桜色のパジャマを着ていた。石鹸のいい香りがする。

その日は入浴日だったらしい。彼女は時折外を眺め、日向ぼっこする猫みたいに申しぶんなさそうにした。午前中はゲリラ豪雨のような大雨だったが、三時頃になって止み、ビルディングの窓ガラスやアスファルトや車の車体も星屑をちりばめたように陽を浴びて光り輝いていた。安城さんも晴れ晴れした表情で明けた空のように瞳も爛々《らんらん》としていた。そんな悦ばしい姿を見るのは初めてだったから、彼女が点滴をしていないことに言われるまで気付かなかった。抗がん剤治療が終わったのだ。手首にはガーゼが巻かれていた。血色もいいし、全体的に明るい印象を受けた。君、白血病が比較的に治る病気になったってのは嘘ではなかったみたい。

安城さんは自由になった手を振り、周りの患者に席を詰めるよう促した。わたしは軽く会釈をして空いた隙間に腰掛けた。ざっと七、八人いたが、なかでも一際目を引く女がいた。安城さんが話していた例のキャバ嬢だ。名前は内海と言った。ぱっと見ただけでも雰囲気のある、人好きのする人だった。安城さんは窓の外をちらちら見て、わたしはその素敵な内海さんをちらちらと見た。視線が合うと人懐っこい笑みを浮かべた。内海さんと安城さんともう一人、厳格そうなお爺さんを除いてみんなは点滴を孫のように引き連れていた。

「OLをやってたときの後輩よ」

と安城さんはわたしを紹介した。わたしははにかみ、できるだけ自然に口を噤んだ。その情報は初耳だったのだ。安城さんは、当時わたしが右も左も解らずに入社してきたことや、ちょっと叱っただけで逆上したこと、生意気で取引先の顧客を怒らせたことなど述べ立てて、兎にも角にも大変な小娘だった、と痛快に笑い飛ばした。

「点滴さえしてりゃ、管に気泡ぶっ込んだのに」

とわたしは言った。

「ほら、これよ！　この不謹慎な口の悪さ！」

と安城さんは言った。みんなが笑っている間に再度、内海さんに視線をやった。彼女は小さくにこりと微笑み返してくれた。彼女の隣に座っていたお婆さんは身を乗り出し、わたしに手招きをした。

「わたしはね、退院する度に千葉県の方まで車を運転するんですよ」

とお婆さんはくたびれた笑みで言った。はあ、とわたしは気の抜けた相槌を打った。

「自分で車を出しましてね、崖沿いをドライヴするんです。そして一日中、考えるんです。身体は元通りにはならない。人工透析からは死ぬまで逃れられない。それならいっそのこと崖に落ちてしまえってね。でも、そのうちまた具合が悪くなって、ドライヴどころじゃなくなってしまうんです。胸が痛くて苦しくてね。足も関節もあちこちですよ。身体中が痛くて、先生助けてって病院に駆け込むんですね。その繰り返し。同じことをずっと繰り返しているんです。ですからわたしも相当、情けない人間なんですよ」

お婆さんは妙にはしゃいだ口調で、顔の横でぱたぱた手を躍らせていた。デイルームはしんと静まり返り、わたしは慌てて、情けなくないです、と月並みな返事をして余計に白けた空気が流れた。

「ナース！」

と安城さんは叫び、部屋に帰るわ、と看護師に車椅子を運ばせた。彼女はデイルームにいた誰よりも遥かに伸び伸びとしていたものだから、それを見て、ああそうだ、彼女は一人じゃ歩けないんだと思い出した。看護師は彼女の脇に手を挟み、せーの、と持ち上げた。わたしはその横で車椅子が動かないようにハンドルを握った。そして崖をドライヴするというお婆さんに目礼をし、みんなにも頭を下げた。病室に着くと安城さんは、自分でやる、と頼りなさそうな腕力だけでベッドに移ろうと踏ん張った。しかし転倒して骨折でもしたらいけないからと、看護師は後ろから力添えした。一連の動作で安城さんの顔は火照っていた。彼女は空気のように軽い手を伸ばし、わたしはすぐに新しい水にストローを差した。

「いいんだよ。今頃、あの婆さんはまた崖をドライヴする話を一からしてんだから。あの人は自分が思っているより、ずっと同じこと繰り返してんだ。みんな飽きてんだよ」

と安城さんは慰めるように言い、タオルケットを膝に掛けて太腿をぽんぽん叩いた。

「他の人とはよく話すの？」

とわたしは訊いた。安城さんは頷いた。

「安城さんも、自分の話を？」

「あたしは自分の話が一番聞き飽きてんだ」

「だとしても、しんどくない？　そりゃ、話す側は嬉しいだろうけど。セラピストだったら今頃、どっさり儲けているよ。わたしからお金を取ってりゃ、もう一ヵ月分の入院費になったかもしれない」

「あんたみたいな偏執病は面倒でならないねえ！　そんなに見舞い金を払いたいか！」

わたしは烈しく頷いた。

「でも、あたしは貰ってやらない」

「食えもしない話ばかり集めて、どうするの？」

「そのうち解る。今日じゃない。でも、そのうちねえ」

と安城さんは意味深に呟いた。

「そういや十三歳のとき、わたしも人の話を集めて回ったな。でも、タダじゃない。紙幣は受け取ってないけど欲しかったものは得た」

「十三の餓鬼が人の何を聞いてまわんだ」

「身の上話だよ。理想を言えば、とても個人的な。安城さんだってそうでしょ」

安城さんはなんとも言えない顔をした。

「由香って友達と糸電話を作ったんだ。学校の課題で、と嘘を吐いて通りすがりの人とか公園にいた人に声を掛けた。もしこの糸電話が何処にでも、誰にでも繋がるとしたら、あなたは誰に何を伝えたいですか、とアンケートみたいにさ。わざわざ遠出して人が密集している新橋、銀座近辺をぐるぐると」

「で、教えてくれたお人好しはいた？」

「いたよ。話したくて仕方なかったって人もいた」

「ほう？」

「でも、最も印象に残ったのは何も話さなかった人の話だった」

「何も話さなかった人の話？」

安城さんは怪訝な表情を浮かべた。

「最初に快く話してくれたのは六十代くらいの女だった。新橋のSL広場から左手に進むと、だだっ広いだけで何もない広場があって、女はそこのベンチにダルマみたいに背を丸めて座っていた。食べ終えたばかりのサンドウィッチの空袋や飲料水を几帳面にまとめながら興味津々に糸電話を見てきた。チャンスだと意気込んで、早速声を掛けた。ぴたっとした黒いパンツに大きめのシャツ、真夏だというのにカーディガンを上に羽織り、小さな運動靴を履いていた。手も物凄く小さくて可愛らしかった。

『天国にも繋がるかしら？』

と女はにこやかに言った。茶化すような感じじゃなかった。わたしと由香は頷いた。勿論です、何処にでも繋がります。女は姉が亡くなったと話した。お姉さんは犬を飼っていたらしいんだけど、両親ともに他界していたし、その女にもお姉さんにも子供はいなかった。そこで犬も、お姉さんの乗用車も、家具もすべて処分することに決めたんだけど、犬を保健所まで連れて行って、すんでのところで殺処分できなくなり、何を思ったか、その足で犬を連れて旅行に行ったんだ。お姉さんの車でだよ。三十五年勤めた会社は電話一本で辞めてしまった。本人の口からでないと感動的にも風変りにも聞こえないのが残念だけど、天国に電話をして話したいのはお姉さんじゃなくて、その犬だと言った。わたしは驚いた。糸電話を通して、ありがとう、と伝え、その犬がいなければ孤独は耐える価値がなかった、と恥ずかし気にぽろぽろ泣いていた。犬が他界したときは、お姉さんのときより傷付いたとも話してくれた。

愛おしい語り部たちは二度と会わないだろうわたしたちに匿名で、糸電話に命を吹き込むように、実に様々なことを語った。どの時代のどの瞬間を切り取るかは語り部の自由だった。でも、多くは悲劇を選択した。陽気な話をする人は滅多にいなかった。出だしは誰もが手こずった。しかし一旦口を開いてしまうと、その後はすらすら饒舌《じょうぜつ》になり、一時間近く喋り続けた者もいた。わたしと由香は名のない語り部に敬意を示し、細心の注意を払って全身を耳にした。娘が孫を虐待しているという人や、不妊治療をしている夫婦、バンドマンやモデルといった夢追い人、レズビアンの人もいた。身近な家族や友人にも告白していないのに知らない子供に言うなんて変ね、と彼らは口を揃えた。わたしたちが子供だから彼らは一種の責任感を持って喜んで、或いは何かの宿命を感じて語ってくれたんだと思う。けど、頻繁に思い返したのは何も話さなかった人の話。その男は大きめのサイズのスーツを着ていた。借り物には見えなかった。ネクタイはだらしなく緩み、シャツには所々染みがあり、下顎に白い髭が薄っすら生えていた。あまりに痩せすぎているせいで眼球が飛び出ていて、全体的に黄色くくすんでいた。男は侘《わび》しい寺の喫煙所で前屈みになり、ビールケースに座っていた。両肩からだらりと腕が垂れていて、なんというか、とっくに食べ頃を過ぎたバナナの皮みたいで、まるで何日も何週間もそのように座っていたように感じられた。

『ホームレスかな』

由香はボソッと囁いた。しかし悪臭はない。革靴も綺麗に磨かれてある。由香とわたしは戸惑いつつ、腹を決めて男に挨拶をした。一見たじろいでしまう人とも話してみないことには意味がなかった。わたしと由香は実際のところ、世の中はどんな色をしているのか見てみたかったのだ。

わたしたちはいつもの手順で男に糸電話を見せ、夏休みの課題で、と嘘の説明をした。男は意外にも樹皮のようなしわだらけの厚い手で、すんなり糸電話を受け取った。明るい兆しが見えたが、それからは一向に動かず、口を開かなかった。手渡したばかりの糸電話さえ、もう数日間も握りしめていたように見えた。わたしと由香は目配せし、悲愴感漂う男を密かに眺め入った。

『誰でも良いんです。家族でも友達でも。孫でもペットでも。今、誰にでも繋がるとしたら誰とどんな話をしますか？』

由香の声に自信の無さがにじんでいた。わたしはもっと近くで男の表情を見張ろうと地面に屈んだが、カマキリのような男の眼がわたしの視線を捉えたとき、わたしは身震いした。男の濁った瞳はよりくすんで映り込み、脆弱な色になった。苦悶に満ちた男の瞳からわたしは抜け出せなかった。男は何度か糸電話を口元にやる仕草をみせた。しかし、結局何も声にしなかった。眉をしかめ、貧乏揺すりをし、鼻水をスーツの袖で拭いた。下唇が震えだし、頭の中で凄まじい悲鳴をあげているようだった。わたしは無意識のうちに男に渡した糸電話を分捕《ぶんど》り、由香の手を引いて、行こう、と言った。由香は当惑した表情で小さく頷いた。しかし、なかなか動こうとしなかった。男に憐憫の情を抱き、身体がそこから離れられないでいた。

『沈黙している間、あの人は何を考えていたんだと思う？』

とわたしは帰りの武蔵野線で由香に訊いた。由香はわたしより二つ年上で色々なことを知っていたが、

『解らないよ、そんなこと』

と呟いた。

『けど、人って本当に辛いとき、黙るしかないんだね』

そう付け足して口を噤んだ。しばらく黙っていたけど、再び会話の続きをするみたいに、

『でも、その方がずっと痛みが伝わってきた。人が沈黙しているときこそ、最も耳を傾けるべき瞬間なのかもしれないね』

由香は一人で考えに耽り、またね、と小さく手を振って電車を降りた。わたしは扉に寄りかかり、窓の外へ顔を向けた。由香の奇妙な家を思い浮かべて明かりがついていないマンションの家を探した。でも、そんな家は腐るほどあった。まるでほとんどの家庭が絶望的に真っ暗だと言わんばかりに」

安城さんはあのときの由香のように二、三分黙々と考えに耽り、痰が絡んだ咳をした。

「それが十三のとき？」

「そうだね。アニーの公演中、アニーの顔面に唾を飛ばした翌年の夏休みだったから。アニーってあの演劇のだよ」

「アニーに唾を？」

チッ、と安城さんは舌打ちをした。

「話が支離滅裂で解んないよ。順序よく話しな」

ごめん、とわたしは謝り、少しばかり頭を整理した。しかし、浮かんだ光景を時系列に並べて組み立てようとすると頭の後ろがひどく重くなって、煙草を吸い過ぎた直後のような眩暈がした。わたしは水を一口飲み、ボトルに蓋をして、すぐにまたもう一口飲んだ。安城さんは辛抱強く待っていた。わたしは文字通り頭を抱え、順序よく、と三回唱えた。

「十一歳のとき、近所のコンビニエンス・ストアの週刊誌売り場を滅茶苦茶にしたんだ。シャツを捲り上げて笑顔で下乳を出しているような雑誌に生卵を投げつけてね。巨乳がなんたら、女のあそこの秘密がなんたらいうさ」

君、変だったな。いざ話し出してみると、ずっとこのことを安城さんに知ってもらいたかったのに胸に秘めていたような気になった。

「どうしてそんなことしたの」

安城さんは柔らかな微笑をたたえ、小鳥のように囁いた。勘の鋭い人だ。わたしの心は手に取るように解るらしい。

「毎年十二月に学年別で舞台をやらなきゃいけなかった。うちの学年は投票でアニーが選ばれた。学年でやる最後の大舞台だった。アニー役の子は、人一倍声の大きい生徒会長の子だった。

『苦しいばかりの人生だわ！』

とインチキな笑顔なり、しかめ面なりをしてみせ、地面を蹴飛ばした。体育館に集まった保護者たちは拍手し、音楽に合わせて手拍子をした。わたしは舞台袖から観客席を覗いていた。馬鹿みたいににこにこ笑って喜んで、ああ苦労も子供の手にかかりゃお遊びだ、とでもいうふうだった。自分でもわけが解らないほどキレてしまった。毎日飽きることなく無我夢中で練習を重ねたダンスのルーティーンから外れて、手に持っていたモップを放り投げ、アニーの顔面に唾を吐いた。アニーは硬直し、観客席は凍りつき、陽気な音楽が場違いに流れていた。わたしは残りの三ヵ月間、不登校になった。けど、そんなことはどうでもいい。それより、子供の労苦を一笑する大人たちが許せなかったんだ」

自ら恥辱を被ったようだった。君、あの頃のやりきれない思いがそのままの形でわたしのなかに根深く残っていた。いや、更に酷くなっていた。いい大人が何故、とわたしは当惑した。

「だとしても、なんでエロ本なんかを、週刊誌売り場なんかを滅茶苦茶にしたのよ」

と安城さんは訊いた。

「自己制御できなかった。ただそれだけだよ。ね、前に中耳炎の話をしたね？」

安城さんは眼をぱちくりさせた。しかし、わたしの口は止まらなかった。話したくてたまらないという風に。

「わたしの耳が悪いことは学校側も母から耳にタコができるくらい聞かされて、よく知っていたから、わたしは常に一番前の席に座らされていた。季節が移り変わり、学期が変わっても、学年が一つ上がって担任教師が変わっても、わたしは教卓の前にいた。居眠りすると、即バレて教科書の角で頭をどつかれた。これが尋常じゃないくらい激痛だったが、かと言って不運ではなかった。不明熱を出すから保健室には入り浸りで、早退もしょっちゅう。極め付きは一九九五年二月六日だ――中耳炎の治療で、とうとう簡単な手術を受けたのだ。鼓膜に穴をあけて、小さなストローを刺した。術後、その小児病院をダイアナ妃が訪問した。どんなウォルト・ディズニーのお姫様も敵わない。ダイアナ妃は途轍もなく美しかった。病院周辺はひどい人混みで、彼女を一目でも拝めた人は幸福感に包まれて舞い上がり、恍惚《こうこつ》として我を忘れたような表情をしていた。黄色い歓声が飛び交い、一様に必死で手を振った。学校ではダイアナ妃に会えたのは、わたしだけだった。世界中の人が彼女に会いたがったというのに。だから不登校になっても不思議と平気だった。みんなは卒業式の思い出を作るだろうけど、わたしにはダイアナ妃に会った特別な思い出があるのだから、と」

ふん、どうでもいいや、と安城さんは露骨に関心のない態度をして言った。

「あんたが沈黙した真実ってのは、アニーや週刊誌のことなんだろうけど。なんだい、その顔は。あんたが前に言ったろ。あたしは嘘吐きだから苦しんだんじゃない、真実に口を噤んだから苦しむ羽目になったって。寺にいた男と同様、あんたも昔から一貫して沈黙している部分がある」

「みんな、そうさ」

「確かに。みんなそうだ。けど、その沈黙にこそ耳を傾けるべきなんだろう？」

安城さんにはいつかケツの穴まで覗かれるかもしれない、とわたしは疑った。彼女は寝返りを打とうとしたので、わたしは立ち上がって枕の位置を少し右へずらした。

彼女はごてんと身体をこちらに向けて一息吐いた。

「せめて、あの子には話したんだろうねえ？」

「あの子？」

と訊いて、ああ君のことだと気付いた。

「いや、実はしていないんだ」

「あんだけ一緒にいて、新興宗教まで開いといて？」

「集会ね。吉田ママ、須藤さん、竹内さんと五人もいたし、時間に制限もあった。物凄く個人的な話ってより、主題に沿った各々の考えや意見交換の場だった。なに、安城さんだってそれくらい嗅ぎ付けていたでしょう」

安城さんは一点を見詰めたきり、ぴくりともしなかった。集会中もそのように隠れて、わたしたちの議論に耳をそばだてていた。

「安城さんは誰かに話した？」

とわたしは訊いた。

「あの夜のこと。どうして集会を滅茶苦茶にして、あんな純真な子を自殺未遂まで追いやったのか」

君、わたしは少し意地悪な言い方をしただろうか？

「尋問されたのよ。自白しないとガチャン部屋から出してもらえなかった。でも、なんも話してやらなかったわ。あの部屋に半年はいた。それで良かったのよ、それで。だからねえ、あんたも自分の言葉は胸に刻んでおきな」

「自分の言葉？」

「あんた、認知症かい？　真実に沈黙したから苦しむ羽目になったって言葉よ。自分で認めたんだ。そのことを忘れんじゃないよ」

安城さんは柄にもなく深刻な面持ちで忠告したから、わたしも初めてあの出来事と

対峙してみようかと一念発起したが、

「さ、あたしはそろそろ寝る。あんたの話の続きを聞きながらねえ」

と彼女は手の平を引っくり返すみたいに素っ気なくした。

「安城さんはどうして沈黙したの？　話していれば、もっと早くガチャン部屋を出られたのに」

「なんのこと？」

「だから――」

と言ってわたしは諦めた。安城さんはそれ以上、君のこともガチャン部屋のことも話す気はさらさらなかった。きっと最初からそんな気はなかったのだ。お互いにさ。

「いいね、次はさっきの由香って子の話を終わらせんだよ」

わたしはこくりと頷き、承諾した。安城さんは枕に頭を委ね、まるで祈るように両手を重ねて瞼を閉じた。呼吸する度、平らな身体が膨らんで縮んだ。

第四章

由香との思い出はあり過ぎる気もするし、同時にとても少なくも感じる。知り合ったのはアニーの失態後、公立中学校に転校してからだった。嫌に埃っぽい土臭さや雨臭い草木、それに汗の匂いがそこいら中に染みていた六月、郵便受けに見慣れぬ褐色の封筒が入っていた。手紙の送り主は越谷市在住の前田由香といった。宛名の下に〈アニー、唾を飛ばしたつわものへ〉とあった。わたしは心臓を落としそうになった。クラスの面前で鼻水を垂らしながら謝罪した日のことはまだ生々しく残っていた。アニーの一件が自業自得であることは重々承知だったが、あれでは物足りなかったのだろうか、と不安の影が過ぎった。実際、いくら謝罪しても足りなかった。一日のどの一瞬を切り取っても惨めな顔をしていないと気が済まないというのが、ごく一般の心情らしく、しかしやり過ぎても逆鱗に触れる。わたしは手紙を服のなかに隠し、部屋にこもった。母が見ていないところで棄てようと決めたのだ。とはいえ、赤いボタンを目の前に置かれて、それを押さないでいられる人間はそういない。当然、わたしも例外ではなかった。わたしは封を開け、長いこと呆然とした。

〈良かったら文通しませんか？　あなたがいなくなって、この学校はつまらないエセ・キリスト教徒ばかりです〉

わたしは急いで返事を書いた。手が震えるものだから何度か書き直し、その日のうちに郵便ポストに投函した。顔も知らない人物からの手紙に、実は自分がとても孤独で寂しかったのだと思い知らされた。麻痺していた様々な感情が息を吹き返したみたいだった。

「前田由香ちゃんって誰なの？」

しょうゆって言ってごらんなさい、と訊くように母は言った。左手には開封していない褐色の封筒を持っていた。新しい返事が届いたのだ。わたしはもじもじしながら、前の学校の友達、と簡潔に答えた。母は全く予想外だという顔をし、いつでも泊まりに来てもらいなさい、と喜んだ。しかし、そのとき由香に関して解っていた情報は、彼女は隣町に住んでいてアニーを観劇していたこと、学校に嫌気が差していて気の許せる友達もいないから休日は引きこもりということだけだった。そして、夏休みも間もなくという頃、遂に由香から会おうと切り出してきた。〈なんといっても中学生になったことだし、大宮なんて今更ダサくて気乗りしないから一層のこと埼玉県を出てみよう〉という成り行きで夏休みに突入したすぐの週、午前十時に原宿駅で落ち合った。

お天道様はからきし元気で兎にも角にも蒸し暑く、バーベキューみたいにじりじりと肩や後頸部が焼けるのを実感できるほどの真夏日——わたしは原宿駅の改札で、由香に声を掛けられるのを待った。彼女は夢に幾度も現れた。実に様々な風貌で、毎度異様な癖を持っていた。最初は並み外れた美女だったり、意気投合して大親友になる平和な夢を見たが、日付が刻々と迫るにつれ、ニキビの代わりに顔中ウジ虫がうじゃうじゃ湧いていたり、赤い血肉が飛び出していたり、傷口を引っかいて金切り声をあげたり、狂的に笑ったりした。前夜は期待と憂えで心中穏やかでいられなかった。

「いた！」

と一際大きな声がし、わたしは振り返った。飛び抜けた美女でもない、ウジ虫もニキビもない、平々凡々たる健康的な女の子が立っていた。肩につくかつかないかくらいの短い髪を無理に束ねて、後ろ髪がぼろぼろこぼれ落ちていた。さくらんぼ模様の膝丈スカートに真白なシャツ、五センチほどの厚底サンダルを履き、水泳教室の子供が肩にぶらさげているような水色のビニール鞄が無造作に膝の辺りで揺れていた。由香は数十キロも走って来たんだと言わんばかりに爽快にポカリスエットをがぶ飲みし、手の甲で口元を拭きながら可愛らしくくすくす笑った。暑気で頰が赤みがかっていて、前歯の間にちょっぴり間抜けな隙間があった。夢や空想ではわたしは饒舌だったのに、まるで会話が運ばなかった。口を利けない口実を作るために、わたしも水をがぶがぶ飲んだ。食べ放題の店で落ち合っていたら口に何かしら詰めたきり、そのまま会計をしてさよならを言うまで一言も喋らなかったかもしれない。

「久しぶりだね」

と由香は至極愉快気に言った。わたしは不思議な気持ちで頷いた。

「元気してた？」

うん、とわたしはまた頷いた。手紙にはなんだって書けたのに、日差しはきついし、胃はキリキリ痛むし、人混みに滅入って希望の欠片もない。由香に会うのは愚案だった。文通も終わってしまうかもしれない、とわたしは落ち込み、由香は元気にしていたのか訊き返す頭もなかった。

「ねっ、親交を温めたい人とはゴルフをしたらいいって言うでしょ？」

と由香は笑い、鞄を漁った。

「だからね、ちゃんと用意してきたの。これ持ってて」

わたしはおもちゃのゴルフクラブを受け取り、由香はもう一つ鞄から取り出して脇に挟んだところで、竹下通りに入る交差点の信号が青になった。わたしたちは横断歩道を渡り、人の渦を避けるために隅に固まった。わたしがまだ混乱しているうちに、由香はテニスボールほどのサイズのボールを、いくよっ！　と夏休みを迎えたばかりの竹下通りに向かって投げた。わたしは尻尾を踏まれたみたいにぎゃっと叫び声を上げた。

「ボールを見つけたらじゃんじゃん打って！　駅の方角に逆戻りしたら反則だよ！」

と言って由香は群衆の渦のなかへ消えた。竹下通りでゴルフだなんて夢に決まっている。わたしは試しに頰をつねって夢から目覚めようか躊躇った。しかし猛烈な人の数だった。そして、そのすべての視線が自分に向けられている気がしてならなかった。きちんと惨めな顔付きで意気消沈しているか見定めるように。再び胃がずきずき痛み、わたしはボールよりも何よりも由香を探した。

「アニー、ねえ、唾だって飛ばしたんだから、これくらいなんてことないでしょ！」

と挑発する声がした。わたしは足を止めて人々が前進する様を眺めた。身体がじわじわと熱を上げて起動する、そんな奇妙な感触があった。力が漲《みなぎ》ってくるのだ。おまけにわたしは笑っていた。妙だった。笑うなんて最低限自信がある人間がすることなのに。人々の頭と頭の間に由香を見つけた。彼女はあくせくと動き回り、ボールを打った。それがカップルに当たり、彼女は軽く頭を下げたけど、また懲りずにボールを打った。その姿を見ていたら、勝ちたいと活力が湧いてきた。いや、勝ってもいい、勝とうとしてもいいんじゃないか、と。しかし、どうやって竹下通りのゴルフに勝利するのか、さっぱりだ。

「そんなのカップインした方が勝ちに決まっているでしょ。ついて来られないなら最後のショットも頂き！」

と由香はゴルフクラブを頭上高く持ち上げた。

ボールは人だかりのなかで跳ね返り、四方八方に蹴飛ばされた。ボールが蛍光色の強いオレンジ色だったことだけが僅かな助けだ。汗で背中はぐっしょり、眼の中にまで垂れ落ちた。けど、びっくりするくらい楽しかったんだ。東京人は一言二言、悪態を吐いても、基本的に無関心を装っていたいらしく、それ以降は気取って黙った。東京はこの上ない遊び場だった。同じ歳頃と見られる子たちはアイドル写真館に蛾のようにたかっていた。柄物の衣服が所狭しとハンガーに釣り下がっていて、脳天に突き刺さる金切り声が絶えず響いた。可愛い品物と出逢うと叫ばずにはいられない人がたくさんいるらしい。

「ボール、そっち行ったよ」

と由香は弾んだ声で言った。わたしはその透き通った声を道しるべに群衆をかき分け、ボールを発見しては打ち、打っては探して、人の足から足へ転がした。竹下通りを抜けるのに一時間は掛かったと思う。しかし肝心のラストショットはどちらでもなかった。ボールが車道に飛び出す直前に、二人で大慌てで拾いに走ったのだ。勝敗は決まらなかったが、竹下通りを抜けた喜びに感極まって抱きしめ合った。わたしたちはすっかり気の許せる旧友のようになっていた。無論、ゴルフをしたからだ。それから何を話したかなんて覚えちゃいないけど、きっと笑ってばかりでまともに口を動かしていなかったはず。数日間は筋肉痛を引きずった。膝を折る度、くしゃみをする度、腹にズキッと痛みが走った。いい手土産だ。わたしは赤の他人が見ても解り易く幸福感を漂わせていた。話し声も一際大きくなり、内向的な心性も幾分か解消されたみたいだった。今ならどんな苦境もバネに出来る、と本気でそんな気になり、胸を熱くしていた。

由香はわたしが何故アニーに唾を飛ばしたのか最後まで訊かなかったし、わたしも何故手紙をくれたのか訊かなかった。大人はなんでも余計なことまで詮索したがるが、子供は大事なことには口を噤む癖がある。ちょうどポケットに隠した石ころを守るように。あの頃の方がよほど利口だったと肩を落とさずにはいられないときがある。今のわたしはポケットの裏側をそっくり引っくり返してまで、何もかも吐露してしまいそうで、ひどく虚しい人間になった。

由香はとても風変りな子だった。

「この街には愛が足りないんだよ」

と急に言い出したこともあったのだ。由香の最寄り駅、南越谷駅から徒歩十分のところの公園にチンケな小屋があって、誰が連れてきて飼育しているのか謎だったけど鹿が数頭いた。由香はカビの生えた木製の柵に両手を乗せ、そうだよ、愛が足りないんだよ、と文字を線でなぞるみたいに復唱した。わたしはパン屑を鹿の足元にばらまいた。

「ね、聞こえてる?」

と由香はわたしの耳に種でも植えるみたいに呟いた。

「聞こえてるよ、そんなもん」

とわたしは強めに言い返した。耳の中まで呟かれたのが妙に気に障った。

「冷凍保存できるものでもあるまい。何処かにその愛ってのが余っていたとしても、足りない場所へ郵送することもできない。愛なんて足りていなくて当然」

「でも、分けることはできる」

由香は眼の色を変えた。

「何か企んでる？」

とわたしは期待して訊いた。彼女は柵に乗せていた両手を引っ込めてパン屑が入った袋を雑に結び、自転車の籠に放り投げた。

「今夜、音楽を掛けて街を自転車で走り回ろう。選挙カーみたいに。わたしたちの愛を振りまくの。ね、みんなが好きな曲を爆音で。一人でも笑ってくれたら良し。怒らせても良し。だって、一人で寂しくしているよりよっぽど健康的でしょ。想いは発信できる。人間にはそれを受け取る能力がある」

由香はすきっ歯を見せて悪そうにくすくす笑った。わたしはしばらく無言で鹿を観察した。間を置いて小さく頷き、残りのパン屑をすべて小屋にばらまいた。

その晩、わたしたちは自転車を転がして適当な広場を目指した。CDプレイヤーは、由香の自転車の籠に載せてあった。

「音楽を掛けて自転車で走るだけ」

とわたしは母の顔を頭に浮かべながら呟いた。

「その通り」

と由香はわたしの肩をポンと軽く叩いた。街灯の薄明かりはチョウチンアンコウの罠のように点々と宙に浮かんでいた。実際の時間よりずっと遅く感じられた。わたしは由香の傍に寄り、ハンドルを強く握りしめた。街灯はてんで防犯対策に役立っていなそうだった。前方と後方を交互に見やり、微かな音を聞き逃さないように神経を尖らせた。洋服の擦れる音や靴底を引きずるような音、口に溜まった唾液をごくりと飲むような音に――。

「嫌っ！」

と突然、由香は叫喚に似た奇声を上げた。わたしは吃驚して少し小便を漏らしてしまった。

「虫！」

と由香が騒ぐので見てみると、彼女の顔の前で小虫が群になって飛んでいた。わたしは気が抜けて自転車に少し体重を預けた。そこで一つ冷静になって広場を見渡した。思っていたほどまだ空は暗くなかったし、悪魔的要素など欠片もない、犬の遠吠えやセミの鳴き声が聞こえるような有りふれた晩だった。街灯の下にも群れを成す小虫を眺めていると不思議と気が休まった。こんなとき、些細な事物でも日常を見つけるのは重要な作業だ。そういや、鈴虫の声もしていた。こんなにうるさいというのにまったく耳に入っていなかった。わたしが小心者でなければ、オーケストラのような自然の唸りを玩味するだけの余裕があったのかと思うと感嘆が入り混じった溜息がでた。

由香は自転車のハンドルを片手で握り、ズボンを忙しなく叩いていた。ビーチサンダルを右足だけ脱いで、O型だから蚊が寄り付くの、とぶんぶん振り回した。あからさまに苛立ちながら籠に手を伸ばして音楽を掛けた。小音でも気持ちいいくらい音が伸びた。掛かっていたのは『WOW WAR TONIGHT』だった。いつだか小室哲哉が作曲し、浜田雅功が歌った大ヒット曲だ。わたしが予想していた曲調のものではなかった。てっきりビートルズやホイットニー・ヒューストン、美空ひばりなんかを流すのだと思っていた。

「さっ、自転車に乗って」

と由香は言った。わたしはペダルに片足を引っかけた。すると由香は音量を上げ、眼に見えない力に駆り立てられるように走り出した。シートから少しばかりお尻が浮いていた。わたしも姿勢を屈め、どうか母と遭遇しませんようにと祈りながら馬鹿みたいにペダルを漕いだ。

由香は勇み立って広場を出た。彼女の後姿はひどく無防備に見え、わたしはハラハラしながら後を追いかけて住宅地に入った。狭い路地の両側に一軒家が建ち並んでいて、彼女の期待通り、どの家もリビングの明かりがついていた。由香は更に音量を上げた。肩で踊り、お尻を振り、こちらに満面の笑みを振りまいた。越谷市の住宅街に浜田雅功の歌声とわたしたちの酔っぱらったヒヒみたいな笑い声が重なって響いていた。

由香は選挙運動を真似て、こんばんは、と誰もいない暗闇に滅茶苦茶に手を振った。近辺をぐるぐる回り果て、三周目に突入したときには最大音量で疾走していた。道路整備が不十分な凸凹《デコボコ》道に当たると曲が飛んでしまい、その度に自転車を止めてCDをはめ直さなければならなかったから、なるべく平滑な道路を選ぶようにした。とはいえ、自分たちの笑い声で音楽がまったく聴こえなくなるときもあった。

「そうだ。折角だから、連れていきたいところがあるの」

と由香は叫んだ。わたしは何故か大型廃棄物の収集場を思い浮かべたが、着いてみると以前通っていた教会の近くの坂道と似た傾斜の激しい丘で、わたしたちはその頂点にいた。由香は右足を地面に下ろし、急坂を見下ろした。下の方は、ほとんど真っ暗で電柱に設置された街灯の範囲外は肉眼では捉えられなかった。自動車が近付くとヘッドライトですぐにそれと解った。夜間に人が出歩くことは滅多にないらしく、車は一時停止せずに一瞬のうちに消えた。由香は涼しげにくすくす笑い、ブレーキから手を離した。下ろしていた右足をペダルに引っかけて躊躇なく急坂に飛び込んだ。車輪が激しく揺れ、音楽が止まった。わたしは坂の上から見ていた。由香は両足を大きく広げ、もう豆粒くらい小さい。運転手に彼女の姿を視認するだけの猶予はない。互いの影が視界に入ったときには、既に手の施しようがない事態になる。それは一瞬のことだった。物凄いブレーキ音がして、由香の自転車は停止した。彼女は街灯の下に自転車を止め、こちらを見上げた。例によって滅茶苦茶に手を振り、次はわたしの番だ、と言っている。そのときだ。交通事故か！　と緊迫した男の叫声が響き、塀の向こうで人影が見え隠れした。わたしは反射的にハンドルを握った。前の車輪がふっと宙に浮き、ガクンと地面に落ちた衝撃で身体が大きく揺れ、危うく転倒しそうになった。風の切れる音が耳鳴りのように反響してみるみる加速していく。一つ目の辻を越えた。車輪が震え、ハンドルを握っているので精一杯だ。歯がカチカチ音を立てていた。ブレーキをかければ自分が前に吹き飛ばされる。わたしは由香がそうしたように思い切ってブレーキから手を離し、両足を広げた。当然、恐怖でいっぱいだった。しかし普段、抱いている不安感や恐怖心とはまるで別物だった。頭に血が上っていたのだ。一秒先を予知することもできない。車と衝突したとして、そのとき何が起こるかも解らない。死はひどく冷たいものとばかり思っていたが、わたしは昂揚《こうよう》して熱くなっていた。急坂はあっという間に下りきっていた。そのことに気付くまで少し時間が掛かった。由香がわたしの名前を叫び、ようやく我に返ってブレーキを掛けた。けたたましい音がし、わたしは靴底で地面をこすった。完全停止させるのに手こずっていると、由香の方がわたしに追い着き、そのまま逃げて、と言った。坂の上に人だかりが出来ていたのだ。わたしたちは走った。大通りに出ても熱が冷めず、当然の如く赤信号を無視した。誰も追いかけて来ていないと先に察知したのは、由香だった。彼女は速度を緩め、水分補給しよう、と安堵と疲労が入り交じった笑みを浮かべた。

交差点を渡って、由香はガソリンスタンドにさっさと入っていき、わたしは外で見張り番を承った。戻って来るなり、ここから離れよう、とまるで万引きでもしたみたいに線路沿いを再び疾走した。愛を振り分ける趣旨のことはとうに頭から抜けていた。わたしたちは電車が往来する横を黙々と走り続けた。生温かい微風が頰を撫で、髪を揺らした。道沿いに無人駐車場を見つけ、わたしたちはそこで一息つくことに決めた。由香は買い物袋から缶ビールを取り出し、

「分け合おう、隣人」

と親しみを込めた笑みをたたえた。わたしは無言でビールを受け取り、飲んでいる

間も彼女は、隣人、と上機嫌に歌った。コンビニエンス・ストアで暴れて捕まったことや、アニーを台無しにしたことをひどく感傷的に思い返しながら不味いビールを無理くり二口飲み、缶の口元を拭いて由香に返した。彼女はごくりと爽快に飲み、俳優がCMでやるように缶を高く差し上げたが、苦っ、とすぐに表情を歪めた。

「ねえ」

　とわたしは両膝を抱えた。

「学校でも教会でも習った教えだけど、自分を愛するように隣人を愛しなさい、人の過《あやま》ちを許しなさい、そうすればあなたの過ちも許されるって」

　ああ、と由香は興味無げに頷いた。

「どう思う？」

「どうも思わないよ」

「でも、由香は神様を信じているんでしょ？」

　由香はかぶりを振って、また無理にビールを飲んだ。

「学校の規則で聖書を読んでるだけ。どうして、信じてるの？」

「ううん。でも時々、今も適当に開いた箇所を読む。教会にお説教を聞きに行くみたいに」

「どうして？」

「解らない」

由香は困った顔をして息を吐いた。わたしはそれ以上、聖書の話はしなかった。結局、ビールを飲み切るのは諦めて自販機で水を買い、またも音楽を大音量で流して出発した。少し酒に酔っていたのだろうか。それとも月夜に酔い痴れていたのだろうか。まるで雲の上を走っているようだった。由香はずっと歌い続けた。越谷市の人々は、これで幸せになったろうか、憤慨しただろうか。想いは発信できる、人間にはそれを受け取る能力がある、という彼女の言葉を思い出した。でも、わたしたちの想いとはなんだろう。彼女の住む街に愛が届いたら何か、誰か救われるのだろうか。ご機嫌よう、と彼女は暗闇に笑った。わたしも、ご機嫌よう、とこれ以上の発声はないというところまで叫び、むせた咳がでた。目的地も終着点も、その当てになるものもない。されど、倒れるまで走り続けることになっても由香とならと、わたしは思った。由香は夜空を飛ぶみたいに白い腕をひらりと伸ばして、風と戯れた。後髪が愉しげになびいていた。ハンドルの先が当たりそうなほど至近距離に彼女は詰め寄り、しなやかな身振りでわたしの袖をつかんだ。何を言うわけでもなく、ただ歌詞を口ずさんでいた。

「見て、月が笑ってる」

とわたしは三日月を指差した。すると彼女の瞳が花が咲いたように輝き、三日月よりも笑っていた。

その翌週、由香を家に招待することになった。どちらの家に行くか揉めて対立した末、根気負けしたのだ。母は変に意気込んで、むしろこちらが余所《よそ》行きの装いとなった。不自然なほど整理整頓された部屋にケーキとサイダーを二つずつ運んでくれ、自分の家だと思ってゆっくりしてね、と母は由香に優しく微笑んだ。しかし彼女はいつまでもケーキに手を付けずに両腕を後ろで組み、まるで人の日記を舐めまわすみたいに本棚を眺めていた。これといった目新しいものはなかった。アントワーヌ・ド・サン゠テグジュペリ『星の王子さま』や、ルース・スタイルス・ガネット『エルマーのぼうけん』シリーズ、ミヒャエル・エンデ『はてしない物語』や『モモ』、ヨースタイン・ゴルデル『ソフィーの世界』、それから豪勢な箱に入った日本昔話シリーズや、武田美穂『となりのせきのますだくん』と著名作家の書物が並んでいただけだ。

由香は腕をほどいて、次々と無遠慮に本を手に取った。そこでようやくわたしの居心地も悪くなって、いくら掘ったって珍しい本なんか出てこないよ、と忠告した。

「珍しい本なんて探してないよ。ただあるものを覚えておきたいだけ」

と由香は言った。何処か普通でない雰囲気があった。生まれてからの目くそ鼻くそすべてを覗かれている気分だ。続いては、タンスを開けてもいい、と訊いてきた。いよいよ油断ならなくなり、わたしは絶対に駄目だ、と用心棒のようにタンスの前に立ちはだかり、

「机の引き出しもね」

と念のため付け加えた。

「何を隠しているの」

と由香は涼しい眼で核心を突き、笑みをこぼした。いつもそうだった。原宿の路上で赫々《かっかく》たる日差しが彼女に降り注いでも、命取りな急坂を下っても、彼女はいつも余裕綽々《しゃくしゃく》とした眼で人の心を見透かした。

「無視か」

と由香は妙に嬉しそうにすきっ歯を見せ、それで何を言うかと思いきや、唐突に兄弟がいないことを自慢し始めた。わたしはタンスの前に直立した格好で一人っ子の恩

恵について彼女が熱心に喋るのを不思議な気持ちで聞いた。煩わしい争いごとがなくていいとか、養育費は安く済むし、私立に通い続けられて尚、一つや二つ習い事をする余裕があるなどと人格が変わったように大人の物言いをした。お手洗いや風呂場も清潔に保持できて天国みたいに好き放題でいいというようなことを。わたしはよく解らないまま頷いた。

「確かに、うちはトイレのタイミングは重なるし、こそこそすると、すぐにこそこそしてるのがバレてしまう」

とわたしは言った。そうでしょ、と由香は笑い、

「ね、やっぱりわたしの家に泊まるべきだね」

とケーキを貪り、サイダーを一気飲みした。

由香は高層マンションに住んでいた。突然の訪問にもかかわらず、掃除もいき届いていてモデルハウスみたいに生活感のない、嘘のようにすっきりした内装だった。リビングルームの本棚には高さや奥行きが揃った本が小綺麗に陳列されていて、洒落た洋書もあった。両親とも英語はできないらしいから、本当にただの装飾品だ。何処を覗いても完璧で、胡散臭《うさんくさ》い家だった。ただ一つ、居間の中心に置かれた立派な肘掛け椅子だけが、綿密に計算された黄金率を乱すように飛び抜けて強烈な主張をしてい

た。誰が見ても瞬時にあれは父親の椅子と察したはず。あれだけがこの家に漂う異様な沈黙を引き裂き、何か恐ろしいことを暴露しようとしているみたいだった。由香は決してその椅子に座りたがらなかった。彼女の部屋も最低限の家具しかないひっそりとした侘しい空間だった。ベッドと勉強机がちょこんと隅にあるだけで他に何もない。一人っ子の恩恵なんて実在するのだろうか、とわたしは首を傾げた。

「適当に座って」

と由香は言い、クローゼットを開けた。わたしは中身は見ちゃ悪いと気遣い、顔を逸らしたが、ゴトンと大きな物音がして振り返ると、由香は木箱を引っ張り出して床に置いた。鍵を外し、チューブの絵具を数本と画筆を六本、それから木板のパレット、バターナイフのようなものを次々と箱から出して並べていった。

「真っ白なキャンバスに初めて筆を入れるときね、心が奮い立ってぞくぞくするの。油絵って物凄く楽しいんだよ」

と由香は言った。わたしも美術の授業で絵を描くには描くけど、奮い立ってぞくぞくなんて一度もなかった。わたしは出窓に座ることにして、そこから線路と眩い夕陽を眺めた。

由香はしばらくクローゼットを漁るのに没頭して、美術祭で入賞した際の賞杯も見せてくれた。それも金色のものを三つ。華やかな功績に煌《きら》めいていたばかりか、実際に陽光が反射して光り輝いていた。わたしは何かを受賞した経験がない。例えばクラスごとの書道大会でも、年に一度、公民館で開催される作文コンクールでも、入賞どころか一票も貰えなかった。それも敢えて偽名で応募したのにもかかわらず、とわたしは由香に打ち明けた。公民館の壁一面に参加者の作文がぺら一枚貼り出されるので、わたしは偽名で参戦して訪れた人が推薦したい作品に赤いシールを貼るのを陰で見守った。審査員特別賞よか、わたしは赤いシールで埋め尽くされた観客賞が欲しかった。せめて家族に伝えていれば、同情票で三票は入ったかもしれない、とわたしはうなだれ、由香の金賞は凄いことだ、と心から称えた。

「なんて名前で応募したの？」

「志村愛梨」

「ふうん。わたしなら茶園《ちゃぞの》って苗字にしたかな」

と由香は言った。なんでも家族旅行で沖縄に行ったとき、夕食に蛸のマリネを食べてアナフィラキシーショックを起こしたらしい。その際に命を救ってくれた医者の苗字が茶園だったのだ。

「いい苗字だね、偽名には使えなそうだけど」

「まあね。ね、わたしが描いた絵見たい?」

と由香は訊いたが、返事をする前にクローゼットからキャンバスを引っこ抜いていた。わたしはギョッとした。キャンバスが隙間なくぎっしりと積まれてあったのだ。そのように絵画を保管するなんて、好きだという割に随分と粗雑な扱いじゃないか。

由香はひとしきり壁という壁に絵を立てかけた。わたしはそれっぽい気難しい顔で一つ一つ時間を掛けて玩味し、彼女の誇らしげな横顔をとても不思議な気持ちで眺めた。堂々と自分の創作物を披露するなんて、彼女の神経を疑った。

「どうして? そっちだって作文コンクールに応募したじゃない。友達に見せるより他人に見せる方が度胸いるよ」

「逆だよ。友達や家族に見せる方がよっぽど勇気いるよ。ねえ、さっきは言いそびれたけど、公民館で開催されたコンクールだから氏名、住所、電話番号を応募用紙に記入しなきゃならない。でも、わたしは実名を名乗るわけにいかなかったから、応募が締め切られ、壁一面に作品が公開されたところで、しれっと自分のを貼り付けたんだ。志村愛梨作と書いて。審査員特別賞はないけど、赤いシールは貰えると思った」

期待通りの結末には至らなかった。要するに、まさかあの週刊誌売り場で暴れ狂って警察沙汰になった子の作品だったなんて、とはならなかった。

「貼らなきゃ良かった」

とわたしは言った。

「ねっ、どうかな。もし、わたしの絵に赤いシールを貼るとしたら？　好みの絵はある？　どれが一番好き？」

と由香は話題を転じ、珍しくそわそわした。わたしは顎に手を添え、如何《いか》にも頭を捻る仕草をしてみせて最も無難な風景画を指した。正直、どれも似た印象だった。油絵に触れたのは、そのときが初めてだった。蚊に刺された跡みたいにぷくぷく膨れ上がった絵具に爪がささり、ぼろっと剝がれ落ちた。わたしはひゃっと声を上げ、すぐに謝罪した。そんなのよくある、と由香は毅然とした物腰だった。

「クローゼットのなかなんて絵具の屑だらけ」

「描き直すのに手間をかけちゃうね」

「そんなことないよ。完成したら滅多に描き直さないもの」

と由香は言った。

「でも、詩とか物語は幾度も、時には幾年も修正を重ねて磨かなきゃ、てんで筆を擱《お》けないのに」

「けど、そのときにしか書けないものってあるでしょう？　修復を重ねるにつれ、ちよっとずつ、ちょっとずつ別の物に変化していく。これはわたしの絵だから一緒に歳をとって、いずれ燃やすの。放鳥するみたいによ。わたし自身からも放して無に帰すの」

「燃やして放鳥するみたいに無に帰す？」

わたしは紙に書き写すみたいに、その言葉をなぞった。わたしには何度も何度も、腐るほど直し続けている物語があった。断じて完結することのない物語が。一緒に歳をとり、いつか燃やしてわたし自身からも放す、なんて良案だと思った。まさにあの物語にぴったりの結末。むしろそれ以外は考えられない完璧な結末だった。

「それなら、由香はどの絵を燃やす？」

とわたしは興奮の冷めないうちに訊いた。由香はその質問を心待ちにしていたようだった。まるで踊るようにクローゼットに戻り、カラーボックスの裏側に手を回した。何がそこまで深いのか、そのうち暗闇にすっぽり頭が消えてしまった。つま先がぴんと伸び、足をつってしまいそうだ。あと、ワンピースから下着が見えていた。わたしは念のため、そのことを注意した。無事に暗闇から帰還すると、彼女は左手にスケッチブックを握っていた。これ、と唇をきゅっと結んで申し訳程度に細く微笑む彼女からスケッチブックを受け取ったとき、身にあまる重責を感じた。あの涼し気な眼差し消え、まるで山で遭難し、徐々に暗くなっていく空を不安気に見守るように、こちらに虚ろな視線を投げかけていた。

わたしは顔をしかめた。言葉は慎重に選ばなければならない。赤いシールをぺたんと貼るだけで済めばどれほど楽だったか、とわたしは苦い気持ちになった。

心してスケッチブックを開いた。最初のページは鉛筆で描かれた素描だった。林檎や葡萄《ぶどう》の素描とは違って、そこには手指のように曲がりくねった薄気味悪いビルディングがあり、街灯の明かりや人々が吸い込まれていく不気味な光景があった。それから練習を重ねたのか様々な年齢の手指が続き、紙を捲るごとに上達して、きめ細かな皮膚の感触が伝わってくるようだった。わたしは溜息をこぼした。最後のページには酒瓶の中で溺れている男女の絵があった。鉛筆の線はしっちゃかめっちゃか、凶暴で、ただとっちらかっているようにも一見映るが、恐れ入るほど偽りのない真意を垣間見た気がして胸を強く打たれた。わたしは一本一本の鉛筆の線の衝突に圧倒され、何故由香があのキャンバスに描かれた奇をてらわない風景画を人目に晒しておくのか解った気がした。

まるで精神を乗っ取られたかのような奇妙な感触を味わった。由香はクローゼットの奥の、最も光の差さない場所にある秘密をわたしに分けてくれたのだ。わたしは最初のページに戻り、もう一度隅々まで見させてもらった。由香はすぐ隣で今にも泣き出しそうな顔をして、じっと耐えていた。

十数分後、わたしはスケッチブックを返した。

「変な絵だよね？」

と由香は悄気込《しょげこ》んだ声で訊いた。

「あの、ぐにゃりと曲がったビルディングだけど、あれはビルディングで合ってる？それとも、人の指？」

「両方」

と由香は短く答えた。わたしは頷いた。

「少し怖くて、襟首を摑まれる感じだったけど、それも含めて凄く好きだったな」

とわたしも短く感想を述べた。つらつらと言葉を並べるのは、あまり賢明じゃない気がした。ありがとう、と由香は礼を言い、ページを捲りながら他にも何か言いかけたが、悩んだ末に沈黙を選んだ。わたしは彼女の沈黙に向かって頷いた。わたしの耳に、確かに沈黙は届いた、と。彼女の瞳が揺れ、気を紛らわすようにくすりと笑った。そして、ぷいと背を向けて再びクローゼットに潜った。彼女はスケッチブックを元の安全な闇に葬り、壁に立て掛けたキャンバスを次々とその上に積み重ねた。わたしも手伝いに掛かった。絵具が削れて床に落ちようが、もうどうでもよく感じられた。わたしはガサツともいえる荒っぽい手振りで、奥底にある彼女の大切な秘密を守るため、キャンバスをレンガのように積み上げていった。

目覚めると、銀白色に輝く世界があった。雪だ！　とわたしは、叫声を上げた。大急ぎで支度をし、母に朝食を急《せ》かせた。行ってきます、と鞄を背負って家を飛び出し、真っ先に由香のいる隣町まで自転車を走らせた。タイヤが何度も滑ってヒヤヒヤした。鹿公園にも光沢の美しい雪が被っていた。子供たちがきゃっきゃっと弾けた歓喜の声を上げ、雪で小さな丘を作って滑り落ちたり、雪合戦をしたりしていた。由香はデニムに運動靴、シャツの上に黒いパーカーを着、赤いギンガムチェックのジャンパーを羽織っていた。手袋をした両手を口元に当てて白い息を吐いた。こうしていると顔が温かい、と柔らかい微笑をたたえた。わたしたちはぼんやりと犬はしゃぎする子供を眺め、隅で仲睦まじく手を繋いで肩を寄せ合う恋人たちを横目になんとなく歩き始めて、引力に吸い込まれるみたいに地球儀型の遊具に移動した。中に潜り、外側に足をぶらさげて爪先でちまちま時計回りに回転させた。積もった雪の重量もあり、なかなかの運動になった挙句、お尻が濡れて全身がぶるっと震えた。

「ねっ、学校はどう？」

と由香は白い息を吐いた。

「別に」

とわたしは笑った。

「普通だよ、どうして？」

「別に」

と由香も愉しげにくすくす笑った。

「なんなのさ？」

わたしはじれったくなって詰め寄った。由香は離れた先の恋人たちを見ていた。

「ほら、中学になったら、みんな精一杯背伸びして大人ぶって、あくせくするでしょ？　誰と付き合おうとか、いつファーストキスを済ませようとか。やり方がよく解らないから年上がいいかなとかさ」

「そうなの？」

「そうだよ」

と由香は少し不安気な顔をした。

「だって、そうでしょ？　ただのクラスメイトだったのに、まるで林檎をかじったみたいに何をするにも男と女に真二つに分裂し出して。ねっ、葉っぱで身体を隠す気持ちも、わざと見せびらかす気持ちもちょっと理解出来るっていうか。わたしが言っている意味、本当は解っているんでしょ？」

わたしはかぶりを振った。

「そういう妙に浮ついた空気を感じたの。なんか変なの、わたし。胸騒ぎがして落ち着かないの。自分だけ取り残されていくみたいで。ねっ、いくらなんでも気になる人はいるんでしょ？」

わたしは妙に苛立って子供が段ボールで丘を滑るのを横切り、鹿小屋へ向かった。鹿が三匹申し訳なさそうに頭を下げてチンケな小屋から出てきた。歩いたところの雪が泥で黒く滲んだ。由香は遅れてとぼとぼ歩き、カビだらけの柵に寄り掛かって頬杖を突いた。わたしはパン屑の袋をしゃかしゃか鳴らして鹿をおびき寄せた。

「こんな狭い所に可哀そうに」

とわたしはパン屑を投げた。

「でも、やっぱり可愛いね」

ともう一つ。

「いや、可哀そうだよ。ねえ、この子たちを何処か遠くの山に連れていってあげようか」

と今度はどっさりパン屑を鹿の足元に投げた。小枝が北風で揺れて、由香は寒さで少々赤ら顔になっていた。鹿がパンと一緒に雪も食べるのを眺めている間も、ナイフで胸を突き刺すような冷たい沈黙があった。

「ごめんね」

とわたしは言った。由香は首を振った。彼女の短い髪が頬に流れ落ちた。そしてゆっくりと手袋を外し、心ここにあらずという様子で雪の上をなぞりはじめた。

「学校に行く途中、電車で痴漢にあったの」

と由香は言った。え、とわたしは声を漏らし、すぐに唇を結んだ。

「何があったのか訊かないの？」

と由香はわたしを見上げた。

「話したいの？」

とわたしは問い返した。由香は首を振った。

「電車にさ、あの卑猥な広告がぶら下がっているでしょ？　美乳女優の夜事情がなんちゃら、グラビアアイドルが語るあそこのGスポットだとかさ。あの汚い広告」

由香は眼を丸くして、こくりと頷いた。

「あれを見て、妙な気分になる人がいるんだってさ。でも、そもそもどうして広告がぶら下がっているのか訊くと、相当なお金になると言われた。だから、あれが車両から消えることはない。たとえ痴漢がいても、お金になることを止めるわけにいかない。情欲的な写真とか刺激的な文面を見て勝手に燃えるお客様のせいってわけ。鉄道も出版業界も責任転嫁するだろうね。無論、痴漢をする人が一番悪いに決まっているけど、うちらみたいな子供が被害に遭ったくらいじゃ、何かが変わるわけない。お金には敵わないよ」

わたしは呼吸を切った。由香は唖然としていて、絵を描いていた指が雪にささったままだった。でも、とわたしは続けた。

「ジャンプをして広告を破ったんだ。お母さんに抱っこされていた七海がじいっと水着の女を見てたから。近くにいた男の子も木の上の果物を取るみたいに面白がって飛び跳ねた。でも、二人とも頭を叩かれた。弁償しろって言われたらどうするのって、お母さんの顔面が燃えて鼻から火だって噴いていたと思うね」

「まさか！　ねっ、本当にそんなことまでしたの？」

由香の表情にやっと笑みがこぼれた。勿論だよ、とわたしは胸を張った。

「大嫌いなんだよ、ああいうのはさ。それに由香は電車で痴漢にあった。そういうことなら明日にだって何枚でも破いてやるよ」

由香は声を上げて笑い、立ちあがりながら手袋を付け直した。

「酷いよね」

と由香は言った。彼女のまつ毛が濡れて白く光ってみえた。

「痴漢したり、叩いたり、怒鳴ったりするのは簡単なんだもん」

ああ、と由香は白い息を吐いて唸り、

「ねっ、どうしたら良いんだろう？」

そうわたしに訊いた。途轍《とてつ》もなく厄介な質問だった。わたしはその答えを持っていない。広告を破る、ただそれだけだ。

雪がみぞれになって降り始めた。丘で遊んでいた子供も恋人たちもいなくなった。わたしたちも早めに帰宅することにして自転車に跨った。みぞれは雨に変わり、烈しさを増した。

由香の家に着いた頃には全身びしょ濡れで、タオルで乾かした後、早々に寝巻に着替えた。この日も由香の家には誰もいなかった。由香はタオルを首にかけた格好でやかんの水が沸騰するまで居間で音楽を流した。上質なスピーカーからキース・ジャレットの『The Köln Concert』四曲目が流れた。図書館で美術史を勉強するようになって自然と色んな音楽に触れるようになったらしい。彼女は沸騰したお湯で珈琲を淹れた。砂糖もミルクも入れずにブラックで飲み、わたしはお茶をもらった。音楽は掛けたまま、わたしたちはマグカップを持って部屋に移動し、由香は湯気の立った珈琲を机に置いてクローゼットを開けた。

「雨も降っちゃったし、折角だから絵を描こうよ」

と由香は言った。画材が高いと聞いていたので、普通の用紙を頂戴、とわたしは頼んだ。

「紙なんか使わないよ」

と由香は微笑した。前にも見せてくれた画材道具一式を床一面に広げ、故意にわたしを無視するように動き回った。

「じゃ、何に描くの？」

とわたしは試しに訊いたけど、彼女は振り向きもしなかったし、画材を並べる手も止めなかった。わたしはおもむろにお茶を飲んだ。それでも返答がないので、ねえ、と不満を漏らすと彼女は隠れて笑っていた。

「わたしたち女の子って、自分のこと太ってて不細工で価値のないものって卑下する良くない癖があるでしょ？　だから面白いんじゃないかな。もしわたしたちの身体が真っ白なキャンバスで、そこに絵を描いてみたら」

「絵を？　身体に？」

「少しくすぐったいかもしれないけど、別に変なことじゃないよ。身体に絵を描くなんてよくあるの」

由香は涼し気な眼でいとも簡単に言ってみせた。そして、ベッドの下からピクニックシートを引っ張り出し、

「服を脱いだらこの上に立って」

とバサッとシートを床に広げた。

「ね、脱がないと描けないよ」

わたしは極度の不快感を示して俯いた。

「でも、銭湯とか温泉に行ったら人前で裸になるでしょ？」

「そりゃ、お風呂ではね」

とわたしは冷笑した。

「じゃ、お風呂で描く？」

由香が正気なのか、とぼけた振りをしているのか見分けが付かなかった。露ほども話が通じないのだ。

「なら他に何するの」

と問われ、わたしは他にも出来ることを幾らか思い付いたが、

「良いアイデアある？」

と由香は語調を変えた。まるで彼女の発想を遥かに超えた規格外のものでないと受け付ける気はないという風に。そのような冴えた発想力は持ち合わせていなかった。

「わたしはキャンバスじゃないんだよ」

とわたしは声を荒らげた。

「解ったよ、止めた」

と由香の方も相当お冠《かんむり》で広げたばかりのシートを乱雑にぐるぐる丸め、挙げ句の果てにすねて黙りこくってしまった。居間で掛かっていたキースのピアノが急に大音量で聴こえ始めた。参った。わたしは途方に暮れて出窓を見やった。横殴りの雨はひどいざあざあ降りだった。そこで予期せず一つ由香の発想を超越しそうなものが閃いた。

「外でシャンプーでもしようか」

「一人でどうぞ」

由香は面白くもなさそうな表情を浮かべた。

「ね、そんなに脱ぎたいなら、外でシャンプーでもすればいいじゃない」

何も脱ぎたくて言ってるんじゃない、と由香は癇癪《かんしゃく》を起こして、一声叫び、眼に涙まで溜めていた。何故そこまでムキになるのか、わたしには理解できなかった。

「本当は下着の上からでもいいんだもん」

としばらくして由香は静かに涙を流した。わたしは閉口し、二人とも沈黙した。今更この雨の中を自転車で帰るわけにいかない。わたしは腹を決めて、

「それなら、下着の上からなら」

と強調して言った。一枚、また一枚と順々に時間をたっぷり掛けて衣服を脱いだ。しかし、何故だか上手くいかなかった。腕を袖に引っかけてしまったり、ズボンがどう絡まるのか知らないけど足がつかえて転んだりした。まるで三歳児のお着替えだ。由香は同学年の女の子がやるような感じで、あっさり平然とシャツを捲り上げ、潔くするするズボンを落とし、靴下を片方ずつ引っ張って、ぽいっとまとめて棄てるみたいに隅に投げた。あっという間に下着姿になっていた。小さな胸にワイヤー付きのブラジャーをしていた。わたしはまだスポーツブラだったから異常に気恥ずかしくな

り、自説を譲ったことをここに来て悔いた。中学生にもなったらブラジャーの一つくらい持ってなきゃね、と母に助言されたが、いらない、と忌み嫌って憤慨したせいで、いつまでも小学生のときと同じものを付けていた。ブラジャーを買いに出掛けるくらいなら、その道で電車に轢《ひ》かれて死んだ方がよっぽどいいと思ったのだ。由香はちらとわたしの可哀想なスポーツブラを尻目に覗き、

「ね、何色が好き？」

と訊いた。

「緑」

とわたしは惨めに腹の前で腕を組んだ。わたしの下腹は空腹であってもいつも林檎でも隠しているみたいに膨れていた。

「了解、緑ね」

「由香は？」

「わたしは赤とオレンジ」

と由香は屈み、アクリル絵具をシートの上に絞った。最初はサクランボほどの大きさを均等に並べていたけれど、だんだん面倒臭がって後半はほとんど投げやりに絵具をぶちまけた。そして一番太い画筆をわたしに差し出し、

「先に描く？　それとも後がいい？」

と訊いた。

「後にする」

よし、と由香は左手にパレットを持った。画筆を水でばちゃばちゃやり、

「じっとしててね」

と眼を光らせた。

好きな色は緑と言ったのに、下着姿の画家はまず白の絵具に手を伸ばした。彼女の面構えは真剣そのものだった。

「いくよ」

と由香は鋭く言い、わたしは息を止めて天井を見上げた。喉元に画筆がささった。彼女は首筋から大胆に心臓の辺りまで筆を下ろした。わたしは真っ白い壁紙を見詰め、自分ならそこに何を描くだろうと想像した。

由香は時々、床に屈み、視界から消えた。くすぐったいというより、ちょうど元気のいい草の上に座ったときみたいに毛先がちくちく刺さって痛痒かった。

「大丈夫？　少しくらいなら動いても平気だよ。そうだ、鏡を持って来よう」

由香はパレットと画筆を放り投げて、物置き部屋へ駆けていき、数分後、自分の背

丈とさほど変わらない高さの姿見を抱えて、わたしの正面に立て掛けた。見ると、下着にも絵具が塗られていた。暖色系の鮮やかな絵具をブランケットのように身に纏っていた。自分の身体は恥ずかしくなかったし、いつもの嫌悪感もなかった。むしろ、ずっと見ていられる。絵具を着ていない由香はひどく寒そうで丸裸のようだった。

「下手クソだろうけど、わたしも描いてみたいな」

そう言うと由香は満面の笑みで頷いた。何度か鏡で彼女がわたしに描いた絵を確認し、初めは模写して、それらしく画筆を振るった。無論、色だけはかぶらないよう心掛けた。彼女は起伏のない平坦な身体をしていた。小さなおへそに小枝のようなほっそりした腕、滑らかな肌。わたしもキャンバスを見るみたいに彼女を眺め、勢いに任せて無遠慮に筆を滑らせた。両肩を一気に緑で塗りつぶしてやり、すぐに由香の好きな色ではないと気付いて右腕には赤、黄、それから少し黒を足して毒蛇を思い浮かべて描いてみた。宙を凝視していたとき、聖書の創世記を表現してみようと思い立ったのだ。左腕は黒を主に彼女の好きなオレンジを使い、所々に白い斑点を加えた。わたしは彼女が絵を描くときに見せた獲物を捕らえるような瞳を思い出した。わたしにも雑念を取り払う必要がある、と。しかしそう簡単ではなかった。わたしは彼女の背後に回り、背中には燃えたぎる蝶の羽を、右足はなんとか絵具を塗り混ぜて大海原に上から魚の影を付け足した。左足は大地を思い浮かべて深緑色に。いつの間にか意気込み過ぎて肩に力が入っていた。わたしは首を回し、両肩を解《ほぐ》した。少し距離を取って全体を見渡すと、絶望的に美的感性のない具合に仕上がっていた。わたしは憮然とした。由香が何か呟いた気がしたけど、定かではなかった。

「足が痺《しび》れてきちゃった」

と由香はわたしの頭をこつんと小突いた。

「もう？」

「焦らなくても。大丈夫だよ。時間は腐るほどあるんだから」

結局、お互いの全身を塗り終えたときには、とうに二十三時を回っていた。変わり果てた自分の姿に戦慄《せんりつ》が走った。由香が描いてくれた絵はまるで教会のステンドグラスのようで、それも内面から煌々と光を発しているような、ひどく勇気のでるものだった。摩訶不思議な力が湧いて出てくるのだ。わたしは震え出し、泣いてしまった。

「ねえ、由香。わたし、凄く綺麗だよ」

と知らぬ間に、そんなことを恥ずかし気もなく言っていた。

「でも、悔しいな。わたしの方が信じられないくらい綺麗なんだもん」

由香は涙目になって笑い、そして気持ちを一新して、写真を撮ろう、と机の引き出しからポラロイドカメラを取り出し、絵具が付着しないよう爪先でフィルムをセットした。

「そこの壁に立って」

と由香は言った。わたしは指示通り、そこの壁際に立った。由香は画材道具もろとも絵具の付いたシートを足で四隅にやり、レンズの後ろに隠れた。

「ちょっと姿勢が不自然。もしや緊張してる？　ロボットみたい。ね、肩の力を抜いて、そうそ、息を深く吸って、吐いて。はあい、そのまま――」

由香はぬっとレンズから顔を上げた。

「ね、あんまりそう無理に笑わないで欲しいな。怖いから」

わたしの心は痛んで笑顔は消滅した。由香は気を取り直して再びレンズに潜った。

「そう怒らないで。そうだ、カメラの向こうに今一番話したい人がいると思ってよ。犬でも猫でもいいよ。糸電話を貸してあげようか。今、誰とでも電話が繋がるなら誰に何を伝えたいですか？　家族？　友達？　それとも好きな人に？」

ガチャン、とカメラが唸った。びっくりして眼を瞑ってしまったかもしれない。由香はるんるんと弾んだ足取りで早々に新しいフィルムを挿入し、またしてもレンズの奥に潜った。

「誰のこと考えてたの？　凄くいい表情だった」

「志村愛梨だよ」

　とわたしは言った。

「それって作文コンクールの、あの偽名の？」

　と由香は変な顔をした。わたしは頷いた。

「六年生のとき、同じクラスだったんだ。アニーでは照明係だった」

「じゃ、わたしも会ったことあるかな。どんな子？」

「鼻水を垂らして、あそこをかくような子だよ」

　げっ、と由香は舌を出した。

「やだ。気持ち悪い。そんな不潔な子いいよ。次、後ろを向いて」

　ガチャン、とカメラが唸った。由香はそれからわたしをベッドに移動させた。

「横を向いて。体育座りでね、顎を少し上げて視線だけこっち」

　由香の指示は逐一細かくて、わたしの身体はブリキの木こりみたいにがちがちに固まっていった。最終的に由香はもう二枚撮り、計四枚の写真が机に並んだ。次は、わたしがカメラマンになる番だ。

「そうだな。由香は白鳥の湖って観たことある？」

ある、と由香は言い、少しだけ、と付け足した。

「白鳥役を担う人はプロの中でも図抜けた高度な技術を持つ、いわば天才だから物凄く高いジャンプをしても、いつ着地したか解らないくらい足音一つ響かせずに、いつの間にかまた宙にいるんだよ」

「そんなことできないよ。他にないの？」

「つまりわたしが言いたかったのは、人間離れした天使のような雰囲気を作りたいってことなんだけど」

　と言って、わたしは少し考えた。

「そうだ、イヴはどう？　林檎を食べる前の。そうだ、ねえ、イヴだと思って左手をゆっくり上げてみて、あ、でも、指先が汚いな。イヴに翼はないけどバレリーナのようでいて欲しいな」

「仕返しのつもり？　謝るから、そんなにうるさくしないで」

「指先まで一本一本意識してね。ちょっと俯いて。それだと俯きすぎ。あと五ミリ上。そのまま。じゃ、一、二、三で爪先立ちしてね。いくよ。一、二――」

　ガチャン、とシャッターが鳴った。

「次、窓の前に座ろう。カーテンは邪魔だから白いレースだけ残して」

由香はひょいと出窓に飛び乗り、レースカーテンを背景に胡坐をかいた。芝居じみた作為がなくて、とても気に入った。絵は劣っているのだから、せめて綺麗に写さなければ、と無茶な注文は止めて、わたしは由香をレンズ越しに見詰めた。ガチャンとシャッターが切れた。

「いい感じだね。とても自然で綺麗だよ。もっともっと好きにやろう。誰もいないと思ってさ。世界中の人たちはとっくに眠りに付いてしまって、自分だけぽんと弾かれたように目が覚めてしまったみたいに。みんなは夢を見ている。素敵な夢を。けど、朝になったら忘れる夢。由香は目覚めてしまった代わりに素敵な夢想を見ているの。由香が望めば数十年後も見られるような夢想を──」

「それってアニー？」

由香は外へ視線をやったまま訊いた。

「ね、もう一度舞台に立ってみたら？　今度はアニー役で」

わたしは咄嗟《とっさ》にシャッターを押した。ガチャンと唸り、彼女は驚いて振り向いた。

「だって、物凄く優しい顔をしてたんだよ」

とわたしは言い訳するみたいに言った。

「本当に、由香ごとフィルムに閉じ込めたいくらい。よし、最後はこっちに背を向けて。下手糞でも頑張って背中の羽を描いたんだ。記念に収めておこう」

由香はぴんと背を伸ばして空を見上げた。

「あまりそう意気盛んにならないで、自然でいいよ。いつも通りの由香を写したいから、頭もだらんとして背中も丸まっていい。肩を落として憂鬱そうでいいんだよ」

「憂鬱そうで？」

その声音に、わたしは背筋が凍りついた。

「わたし、いつも憂鬱そうなの？」

わたしは烈しく首を振った。

「ただの演出だよ。写真を撮るために、そう言ってみただけなんだ」

由香は口を真一文字に結び、無言でこちらに背を向けた。羽は萎れて折れたみたいだった。窓の外から眩い光が差した。月は左から右へ、時に右から左へ流れた。或いはそれは月ではなくて電車だったのかもしれない。わたしは由香と自転車で駆け回った晩の三日月を思った。

「ね、由香はまるで天から舞い降りて来た天使のようだよ。毎日思うんだ。もしや神様からの贈りものなんじゃないかって。なんていうか、由香は絵の中の人みたいに美しいから」

「絵の中の人？」

と由香はくすっと噴き出すように笑った。わたしは瞬間を捉えた。ガチャンと音が鳴り、由香はそれを合図にぴょんと窓から飛び降りた。その如何にも少女らしい軽やかな仕草を見て、急に胸が痛くなった。彼女は例の涼しい眼で、最後に二人で撮りたい、と小粒の歯を見せ、新しいフィルムを探した。わたしは机の上で乾かしてあった写真に眼をやった。真黒だったフィルムに画が浮き出ていた。よく見てみようと写真を手に取ったとき、ねっ、と由香はどこか吹っ切れたような声色でフィルムを挿入しながら言った。

「絵の中の人って実はね、ほとんどみんな不幸なんだよ」

と薄っすらと微笑を口元に添えた。

第五章

「今もそうだ。由香はまだあのフィルムの中にいる。あのときの姿で、年も取らずに。写真が届いたんだ。おそらく死のうと決心した日に、わざわざ郵便局に出向いて日付指定までしてさ。そう考えると、彼女の死は信じられないくらい計画的なものだった。まるで真っ白のキャンバスに絵を描くみたいに」

とわたしは言い、口を噤んだ。安城さんは由香がどう亡くなったか、それまでも連絡を取り合っていたのか、そんなことは一つも訊いて来なかった。

その日、大型の台風が接近していた。

「暴風警報が出てるってニュースでやってたよ。懐かしいねえ」

と安城さんは窓の方へ顔をやった。しかし、彼女のベッドからは外の様子なんか見えなかった。

「車椅子を持って来る？」

と訊いてみたけど、彼女は精神病棟の、あの窓の面格子のずっと向こう、霧で白みがかった谷間から、我々に警告するように巨大な塊になって迫りくる、おどろおどろしい大雲の話をし始めた。君もさぞかし懐かしく思うだろう。

君もわたしも、吉田ママも、須藤さん、竹内さん、山根さんもかつて体験したことのない暴風雨を心待ちにして面格子を握りしめていた。悍《おぞ》ましい空を見て、心臓の鼓動は力強く太鼓を叩くように響いていた。見て、雨はわたしたちの涙よ、と須藤さんは声を震わせた。わたしたちもそう強く信じて騒ぎ立てた。外界の住民は、わたしたちの存在におよそ気付かない振りをしていても、おのずとびしょ濡れになった。わたしたちは叫喚し、爆風を浴びせて傘骨をボキボキ折ってやった。傘を奪い取られた彼らは涙の中を無様に駆け回る。ざまあみろ！　と山根さんは面格子に体当たりした。頭のつむじから爪先まで粉々にしてやる、と吉田ママも容赦なく冷罵する。地上にいる彼らがぶるぶる凍え、コートに包《くる》まり、駆けずり回る姿を高みから見物した。敵わない、参りました、とやがて唇を歪めて白旗をあげるのだ。外界の人間はようやくわたしたちにひれ伏す——と、あくまでもそう信じていた。雨は強い味方だった。雨が降っている間は、わたしたちに不満はなかった。わざわざ涙を流し、どれほど悶え苦しんでいるか、想像力に欠けた外界の人間の為に証明する必要はない。吹き荒ぶ空に、わたしたちの心許無さを投影した。

「今晩、台風が来る。桁違いの凄まじい雨が降るから安心するんだよ」

安城さんは空気のように軽い手をわたしの膝に乗せ、わたしが小さく頷くのを確認すると、その手を元の位置に戻した。三十分近くも黙って過ごした。君、そのときだ、わたしはスリッパの、あのパタパタいう廊下に響き渡る足音を耳にしたのだ。幻覚を見ているみたいに精神病棟の日々の光景が蘇り、脳内を駆け巡った。看護師や補助員、廊下を延々と散歩する患者のスリッパの音に一日中、耳を澄ましていた日がざらにあったじゃないか。だらしなくベッドに寝転がって、君と出鱈目《でたらめ》な歌を歌い、羊を数えるみたいに壁紙の染みを数えた。儀式のような一連の作業を終えると気力が湧くまでひたすらにぼさっとして、再びパタパタという足音に耳をそばだてた。胸に穴が開いたような虚脱感に囚われていた。なにも退屈していたわけじゃない。あのときは、退屈なんて概念もなかった。

スリッパの音を聞いたときは、ばったり旧友と出くわしたようだった。君、安城さんは入院中、ずっとこの音を聞いていたのだ。ベッドの上で一日中さ。彼女がわたしに連絡をしたわけをようやく少し理解できた気がした。スリッパの音で走馬灯のように様々な記憶が浮かんでは消えたことだろう。わたしは安城さんに倣って静かに耳を澄ませた。時間が流れるほど物寂しい気持ちは緩和されていった。穏やかな波に揺られている、そんな心地良ささえ感じた。尤《もっと》もなことだ。今となっては、わたしはいつでも岸に戻れるし、先へ急ぎ、二度と帰って来なくたっていいのだ。あの頃と違い、囚われの身でも、罠にハマったわけでもない。わたしは果てしなく自由だ。しかし、安城さんはまだそこにいた。彼女は今も入院していて、足も上手く動かない。もし許されるならその晩は泊まって彼女の傍で一緒に雨を待ちたかった。しかし、窓の方へ顔をやると、不意にこの先もこうして待ち続けるのだろうか、と不安が過ぎった。この先もこうして雨が降るのを、死人を、救済を、永遠に？

「そんな顔をするな。あんたは悪くないよ」

と安城さんは言った。わたしは頷いた。由香の葬式でも、誰も他者を咎《とが》めず、まるで共犯者のように口々に言い合ったものだ——誰も悪くない、と。

「でも、結局のところ、由香の親友と名乗りながら、まるで芝に寝そべって、書物を日除け代わりに顔の上に開き、それで気分だけは読書した気になっていたような、そんな気がしてならない。目前にいる由香を理解した風で、実は、何も解っていなかった。最悪なことに今もそう。安城さん、心の傷は日により小さくもなるけど、極端に大きく膨らんで、手の付けどころがなくて、行き場を失うときがある。日々はその繰り返しで一向に慣れない。手首、足首を縛られ、重石に繋がれたみたいにベッドから起き上がれない朝も山ほど。手の届く場所に睡眠薬があれば、迷わず過剰摂取するような朝が。由香が懊悩煩悶の末、決意を固めた朝も、そんな感じだったのかもしれない。まるで岩でも覆い被さっているみたいに身体が重たくて、呼吸が困難でひどく苦しくて、その連鎖に疲弊し切り、ほんの僅かな安穏でもと許しを請いながら自ら綱を断ち切った、そんな朝だったのかもしれない。ねえ、安城さん。わたしの話は散々したね。あと十年間は自己嫌悪に陥るくらいした。だからね、もうわき目もふらず最後まで話す。今更、嫌だと足掻《あが》いても無駄だよ。ここまで来てしまったから。後に引けば、わたしはきっと死にたくなる。死にたくなくたって死ぬかもしれないよ。ひどく疲れているんだ。安城さん、わたしは、いや、先を急ぐのは止めよう。少し心の準備に時間が欲しい。わたしが途中で泣いても、どうか気にしないで。心療内科に通っていたときも、入院していたときも話せたことがない。というのは由香と会う前、六年生のときに遡らなければならない。

　地元にけやき通りという真っ直ぐな並木道があった。朝から晩まで車がひっきりなしに走っていて、両端の自転車歩行者道も忙しなかった。兎もかく家族層の多く住む賑やかな街だった。個人経営の飲食店や喫茶店、大型ファストフード店に、そうだ、当時はドムドムハンバーガーもあって、数えきれないほどの美容院、スーパーマーケット、文教堂もあれば、こぢんまりとした古本屋も数軒あった。そして勿論、学習塾も腐るほどあった。わたしは塾へ向かう間、母の運転する助手席に座り、天窓を見上げるようにフロントウィンドーから開けた青空を眺めた。

わたしは塾を駅の方へ上るように転々とした。元々、勉強熱心な子供ではなかったけど、中耳炎のこともあって大分遅れをとっていた。しかし、どの塾教室へ通っても成績は横ばいで伸びる気配はなかった。最終的に辿り着いたのは、線路沿いにある個別指導をうたう塾だった。一階は古本屋で、熊のような店主が一人、カウンターの裏に閉じこもって店の本を一心不乱に読んでいた。漫画本は一冊もない。中古の文庫本がみっしりと所狭しと陳列されていた。昼間は外で本を干している。全ての本が一様に黄色く干からびていた。特異な酸っぱい臭いもしたが、わたしはその鼻の奥までツンとして、アレルギー症状で鼻水がズルズル出てても、やはり好きだった。安城さん、本は特別だからさ。文字通り、作者の血と涙で作られているから。

塾はその古本屋の二階にあった。〈集中力強化！　成績上昇！　苦手を得意に変える方法を伝授致します！〉と筆圧の強い字で書かれた気合十分のうたい文句が扉の小窓に張られていたので教室の中を覗く手段はなかった。鉄の扉は、あの精神病院のように重たい。子供だと全身でかからなければ、到底開けっこない。すぐに扉が閉まってしまうのだ。

教室に入ると、塾講師が一人いた。訊くと、一人で運営しているという。初期費用はともかく月々に掛かる経費は比較的少ない為、個別指導にしては受講料も割安だった。生徒は最多でも十人と決まっていた。日の差さない教室の中央に、薄い板を隔てて囲った質素な机が十席、捨てられたように並べてあった。他の生徒とは話す機会もなければ顔を合わせることもなかった。板で覆われて見るものもないので、わたしも算数の問題集と止む無く向き合った。

塾長のデスクは全体を見渡すようにして壁際にあった。デスクの隣には、おもちゃの付属品みたいに簡易椅子が一脚、問題につまずいたり、質問のある生徒が座るためにあった。塾長は四つ足のローラー式の肘掛け椅子に身を埋めて頬杖をつき、所在なげに書類をぱらぱら捲ったり、問題集に眼を通していた。そして、時々、黒い革靴の踵《かかと》を床にこするようにして歩き、生徒たちを見回った。短髪、黒縁メガネ、中肉中背、黒いスーツ、おそらく三十代後半、これという特徴はない。底が知れた平凡な講師だった。

わたしは早々に壁に打ち当たった。数式を作って、その解答を惜しくも間違えるという地点にも至らない。しばらくの間は耐えて問題集と睨み合ったが、いつ塾長に訊ねるべきか考えるので頭は一杯だった。わたしは断念して音が響かないように椅子を持ち上げ、後ろへ引き、問題集をずるずる引きずるような鬱屈した気分で塾長の隣に腰掛けた。

『そうか。問題の意味が解らないか』

と塾長は可笑しそうに言った。わたしは恥ずかしさのあまり俯いた。

『大丈夫。さあ、ここからは一緒に解いていこうね』

塾長は物柔らかな声色で、わたしの手をギュッと握り締め、耳の中に囁くように問題文を読みあげた。紙の上を走る鉛筆の音がした。中耳炎の手術は成功したのだ、とわたしは思った。もしかして、問題の意味が解らないという声も他の生徒に聞こえただろうか。これが静寂か。わたしは静寂を好きになれそうになかった。世界はとにかく静かだから塾長は神経質に、わたしの顔にぬるい息を吹きかけながら小声でぼそぼそと囁いた。わたしの手に重ねた大きな手は、ずっとそこにあった。他人の体温を、このときほど生々しく気味悪く感じたことはなかった。わたしはその手を払い除けたいが気付いていない振りをして問題集を凝視した。ねっとりした熱い眼差しを頬に感じた。わたしは出来るだけ小さくなって、ピタッと椅子に張り付いた。そうしていれば、わたし自身、椅子と同化して存在していた事実さえ消えてしまえる気がしたのだ。しかし、顔面に吹きかかる塾長のぬるい息を吸い込んでしまい、頭がくらくらした。塾長はほつれたわたしの髪を耳にかけ直し、薄く微笑をたたえた。もっと上手く消えたいと切に願うほど、わたしの存在は空気に嫌がられ、浮いてしまうようだった。

二度とあの塾長のところへは行かんと決め込んだが、例によって母が運転する助手席にわたしはいた。我が家の期待の星、七海は後部座席のチャイルドシートで人形と遊んでいた。

『早く着いちゃったけど、先に予習復習でもして待ってなさい』

と母は言った。嫌だ、とわたしは抵抗した。しかし後方から車が来て、クラクションを鳴らされた。母はその騒音にも吃驚し、ぐずぐずしてないで早く降りなさい、と顔を赤くした。狭い路地だから後ろの車も相当苛立っているらしく、執拗にクラクションを鳴らされ、激昂する母を尻目に仕方なく車を降りた。熊のような店主がいる古本屋を横切り、仄暗い階段を上がると鉄の扉が見えてきた。例の手作りの広告が小窓に張り付けてあるので電気が付いているかも解らない。試しにドアノブを回し、後ろに体重をかけてみると扉が開いた。中にいた塾長は足元に火が付いたように肘掛け椅子から立ち上がり、腕時計を確認した。

『早く着いちゃった』

とわたしは言い訳した。塾長はわたしの背後を見張り、誰もいないと察知すると気が抜けた笑みをこぼした。

『入りなさい』

と言い、塾長は問題児が座る簡易椅子を用意した。唾を飲むのも躊躇うほどの静寂は、身を切るような緊迫感を伴った。蛍光灯がチカチカと点滅し、塾長の革靴がカツカツと響いた。わたしは言われるままに席に着いた。塾長は無言でわたしの鞄を取ってデスクの上に置くと、扉の方へ忍び寄るように歩いた。扉の前で佇む塾長の横姿を、わたしは盗み見た。塾長の口元は緩み、微かに笑っているようだった。そして、恐ろしいほど静かに鍵を閉めた。

しばらく他愛もない会話をした。学業のこと、得意な科目、趣味などの話を。塾長はわたしの頭を撫で、髪で遊び、手を握った。あの生ぬるい熱がまたしても被さった。それを皮切りに、徐々に距離は縮まっていった。

『心配することはない。君は、何も見なくていいんだ』

と塾長はひどく優しい手付きで、わたしにタオルで目隠しをした。大丈夫、と吐息が混ざった声が耳元でずっとしていた。時間は永遠に過ぎ去ることがないように思えた。目隠ししたタオルを頭の後ろで縛り終えると塾長は、ほら大丈夫だった、と手品でも披露したような陽気さを醸し、

『返事がないなあ』

と無情を残念がった。わたしは顔を伏せたまま、遅れてこくりと頷いた。塾長は、うんと唸った。

『両手を後ろに回してごらん』

わたしは言う通りにし、塾長は両手首を椅子の脚に結わえた。革靴の音がカツカツとわたしの周りを一周し、

『痛い？』

と声がした。わたしは目隠しをされていたにもかかわらず、眼を閉じて首を振った。虫唾が走る温かい息が口元に吹きかかる。塾長はわたしに口付けした。わたしは硬直した。キスをされている間中、ごつごつとした分厚い手はまるで何かを探るみたいに動き回り、衣服の中に入った。

『嫌？』

と訊かれ、わたしは首を振った。

『お母さんに言う？』

と訊かれ、わたしは首を振った。

『そうだね。お母さんに話したらいけないね』

うん、と塾長が代わりに返答し、耳元で唸った。

『誰かに話したら殺す』

わたしはそれでもじっとしていた。

『さっきから黙ってるけど、口は動かせるんだよ？』

と塾長は愉快そうに笑った。身の縮む思いだった。紛れもない事実だった。口と足は動かせるはずだった。しかし、わたしは不動のものと観念して動かさなかった。

『話したら殺す。解るね？』

わたしは頷いた。ふっと噴き出したような鼻息が当たった。

『君は本当に良い子だね』

と塾長はわたしを褒め、当然のことのようにずるずると腕ずくで下着をおろした。

安城さん、わたしはその後、幾度も塾を休む方法を考えた。しかし、母は隠した鞄も教科書もあっさりと見つけ、代わりにせっせと支度を済ませた。わたしが故意に手を焼かせてくるだろうと予期し、一時間早く備えるようにもなった。無残にも、誰もいない塾に置かれる日は増していた。わたしがどれほど車から降りるのを拒もうが、何も知らない母は何処吹く風という表情で腕を引っ張って引きずり、塾長は大らかな面持ちで迎え入れた。

『どうぞどうぞ。気にせず教室で待たせて下さい』

と塾長は朗らかに微笑み、

『いつもすみません、ありがとうございます』

と母は頭を下げる。わたしは、自分は人間じゃないと思った。人形みたいに硬直して動かなくなるのが物凄く上手だった。

安城さん、どうして精神病院の患者は狂っていると皮相的なはきちがえをする愚人がいるのだろう？　なあ、安城さん。質《たち》が悪い冗談だ。今もこの身体は記憶している。目隠しをされると、触れられると、大丈夫と囁かれると拒絶反応が起こる。映画館や演劇鑑賞も、時に困難になる。閉じ込められたと少しでも感ずると錯乱状態に陥る。十数年も経つというのに悪夢は現実世界で幕を閉じない。安城さん、あいつはそれすら知らずにのうのうと生きていると思うと、とてもやり切れない。心臓を鷲掴みにされたかのような気持ちに追い込まれたとき、あの坂道の上の礼拝堂を思い浮かべる。例の牧師さんが韓国語でわたしに歌う。

『許しなさい、そうすれば許される』

よく文房具屋に作文用紙を買いに行った。性的虐待を受け、初めて物語を書いた。

無情な男の素姓を突き止める為に。ああとんでもない悲劇だ。可哀そうに、親に捨てられたのだ。養護施設では虐待を受け、公衆便所の穢《けが》らわしい便器の裏側に身を潜め、世界を傍観していた。糞まみれの小さくなった衣服を着て、道行く人に忌み嫌われ、冷罵され、それでも歯を食いしばって生きてきたのだ。他者との接し方なんか当然、知る由《よし》もない。特に、女には怖《お》じ恐れた。自分を捨てた後も愛して止まなかった実母を想起させられたからだ。しかし、相手が子供だと安堵し、実際の自分より、遥かに大きなものになれた。男は初めて地位を手にしたのだ。その物語は数え切れないほど手入れし、強迫観念に取りつかれたように絵もたくさん描いた。裸の男女が絡み合う絵を。しかし、あの中吊りの広告――懸命に顔を逸らしたけど意識せずにいられなかった。毎朝、毎夕、電車通学し、卑猥な写真や文を見て、わたしはとうとう逆上し、コンビニエンス・ストアに立ち寄ったときに広告にあった週刊誌を滅茶苦茶にし、子供の苦悩を一笑する大人たちを糾弾したい一心でアニーに唾を吐いてしまった。

塾長の一件以来、痴漢にも頻繁《ひんぱん》にあうようになった。駅構内を追いかけ回されたこともある。奴ら小児性愛者はわたしに気付いたのだ。ホームで声を掛けてきた男はこう言った。お嬢ちゃんはませた眼をしているね、と。ませた眼？　わたしは怯えていただけだ。しかし、その怯えた眼が奴らを惹きつけたのならば、原因はわたしにあったというのだろうか。別の男は満員電車で堂々とわたしの内腿に手を伸ばし、パンツの中にまで忍び込んできた。そいつ爪を切っていなかった。激痛が走り、わたしは号泣した。近くにいたサラリーマンと視線が重なった。わたしはすっかりその人が救助してくれると思って、助けて、と口を動かした。スカートの中に侵入した手を見て、その人は顔を真っ青にした。そして顔を逸らしたのだ。早朝から穢らわしいものを見たというような苦い顔をして。痴漢を止める者はいなかった。これから出社して夜分まで働かなければならないんだ、まんこくらい触られてろ、そう宣告された気がした。三駅は爪であそこを引っ掻き回された。でも、途中下車はしなかった。過酷な目に遭いながらも予定通りの駅まで耐えた。毎朝のように。じっと耐え忍ぶことを学んでいたから。声を上げれば罰が当たる。そうして学校に着いた。何事もなかったかのように着席し、聖書を朗読した。

わたしは言語能力を失ったみたいに沈黙した。その沈黙がわたしを生かしていたから。誰とも話せない代わりに作文を書き、タンスの奥に隠した。由香が、タンスの中を見てもいい、と訊いたときは命が縮む思いだった。痴漢にあったと話してくれたときも。あのとき、わたしに勇気さえあれば——もし由香に話せていたら、少しの助けにはなれたかもしれない。例えば、車内やホームで痴漢に追いかけられたら、決して人混みから離れず、男を先に歩かせるよう努めてだとか、その男の背からは断じて眼を逸らしてはならない、奴らの悪知恵で、姿を消したと錯覚させて死角で待ち構えている確率が高いとか。反射的にトイレへ逃げ込みたくなる気持ちも解るが、扉を閉めた後では全ての足音がその男のものに聞こえ始めるし、内側からは把握しきれないから、どれほど驚いても個室トイレだけは避けるように。それから学校を遅刻して、何処をほっつき歩いてたんだ、と叱咤されることもあるだろうけど強く辛抱するんだと。それでも打つ手立てがない窮地に陥ったら、志村愛梨だ。志村愛梨の真似をするといい。鼻くそをほじって机に並べて、あそこが痒くてたまらないと鼻水を垂れ流してむせび泣け。男たちは、この糞餓鬼、不潔な女めだとか、ブスだとか、ぼくの時間を返せ、と猛り狂い、頭やお腹を殴打し、腕を鷲掴み引きずり回すこともあるだろうが、それで何もかもやっと終わる。だから心配はいらない、と子供だったわたしでも、そのくらいのことは言えたかもしれない。

『話したら殺す』

そう脳裏で塾長の声さえ響いていなければ。安城さん、由香が亡くなった知らせを受けて、わたしは台所から一番大きな包丁を抜き、一心不乱に自転車を走らせた。塾に着き、あとは階段を上がって鉄の扉を開き、一思いに刺すだけ。たったそれだけだった。わたしは地べたに座り込んで待った。陽が落ち、空が暗くなるのを。子供が一人、二人と教室から飛び出してきた。かつてのわたしもそうしたように子供たちはポカンと古本屋の前で母親や兄弟が乗っている迎えの車を待ち、けやき通りへ消えていった。深呼吸をして頬を叩き、腕を引っかいて、つねって気を紛らわしても涙が止まらなかった。家族の顔がちらついたのだ。家族を思うと、絶望的に孤独を感じた。愛する人に何も話せないなんて哀しくて寂しくて、全く身動きが取れなかった。鞄に手を入れて指先で刃をなぞった。血を見たら気が抜けてしまった。わたしは包丁を元の位置に戻し、何食わぬ顔で家族と食卓を共にした。風呂上りの七海の髪を乾かしてやり、夜遅くに帰宅した父の肩を揉んでやり、母に、お休み、と後ろから抱きついた。階段を上がり、部屋に閉じこもった。塾長は他の子供にも手を出し、一生癒《い》えることない傷を負わせていたかもしれないのに、わたしは何もしなかった。包丁を持ち歩くことはできるが、声を上げることはできなかった。家族に真実を知られるくらいなら絶望的な孤独は可愛いもんだ。わたしに愛する家族がいなければ刺していただろうか。わたしも塾長もまた共犯なんだ。わたしが沈黙したから。何故、助けてくれなかったの、と会ったこともない子供の顔が今も浮かぶ。わたしは自分と似た境遇の人間を裏切り、犠牲を生む人間を一所懸命に庇い、守り、やってきた。眠れないのも、当然の報いというわけだ。由香は亡くなった。きっと、もっと亡くなった。わたしは生きている。ゴキブリのようにしぶとく。その価値はないと解っている。安城さん、由香は何も悪くない。みんな、とっくに壊れていたんだ」

第六章

少し瘦せた気はしていたけど、五キロも体重が落ちていたのは驚いた。少しでも食べようと励んでも嘔吐するので、致し方なく珈琲と煙草と音楽を食した。君、安城さんに話せたことは心底良かったと思う。彼女はわたしの欠落した人間性さえ、そっとしておき、ただ聞いてくれた。非難もせず、かと言って惻隠《そくいん》の情を示すわけでもなく。君、安城さんはやはり凄まじい人だ。塾長の話をした帰り道の天候の荒れようは烈々たるものだった。幾つか電車が運休し、ホームは帰宅難民で溢れていた。久しぶりに車内で失神した。整った栄養分を取っておらず、精神的疲労を軽視したツケが回った。気を失う前、インド人らしき親子に話しかけた。わたしの席の前で長いまつ毛をした男の子がうじうじ泣き出し、抱っこ、抱っこと母親に甘えていた。母親は息子を抱いてやり、もう片方の手でつり革を握った。父親は申し訳なさそうに見守っていた。わたしは気分が優れなかったから、出来れば最寄り駅まで座っていたかったけど、誰も席を譲る気配はなかった。さりとて、わたしも杖を持っているわけじゃない。実際、歳も若く、到底病人には見えない。おまけに、わたしの脳内には韓国人の牧師さんが住み付いている。普段は隠れているけど、こんなときに限って出現する。自分がして欲しいことを人にしなさい、と声がする。

わたしは母親の腕をつつき、席を譲った。ありがとうございます、とその人は片言の日本語で礼をしてくれた。わたしは牧師さんの日本語を懐かしみながら、ぽっかり空いた隙間に移動してつり革をつかみ、そこで意識を失った。ほんの二、三秒の出来事だったと思うが、我に返ると、あの忌々しい広告が中途半端に剝がれ、傍にいた人の頭上に垂れ落ちていた。どうやら、わたしがつかんだのはつり革ではなく、あの広告らしかった。ついつい噴き出し、腹を抱えて大笑いした。周囲の人は不審がり、わたしから一歩二歩と退いていった。インド人の親子も例外でなかった。

冷房でひらひら揺れる広告を見上げていると、ひどく怯えて人形のように硬直し、萎縮した幼い少女の顔が浮かんだ。わたしが素知らぬ振りを決め込み、庇おうともしなかった子だ。許しなさい、そうすれば許される。君、わたしはそのとき、ようやく彼女に謝ることができた。なにも振り捨てたのは他人だけではない。わたし自身も、身を焦がして苦しみ喘ぐ少女を絶望の淵に置き去りにしてきた。お前が人形みたいに微動だにしなかったから、お前が怖気付いたせいで地獄を見た、と毒づき、糾弾し、非を責めてきたのだ。ここまで来るのにえらく時間が掛かった。君、わたしは彼女を許し、自分のことも許してやった。

薬も飲まず、太陽が昇る前に就寝したのは十年ぶりだった。すうっと眼を覚まし、カーテンの向こうに眩く照る朝日を茫然と眺めた。未だ夢の中にいるのか、期せずして三途の川でも渡ったか、と狼狽したのち、これこそ現実世界なのだと一呼吸置くと、沸々と実感が湧き、ひどく優しい気持ちに包まれた。新たな始まりを告げるようだった。君、朝日を見て涙する軟弱な奴がまさかこんな身近にいるとは思いも寄らなかった。何もかも、安城さんがいてくれたからだ。彼女の傍は世界一安全な居場所だった。彼女の瞳に見守られると、たとえ精神が崩壊しても、魂だけは無事でいられるような、そんな自信を持てたから話せたのだ。わたしは居ても立ってもいられず、すぐさま彼女に会いに出掛けた。行き掛けの道で花束を買った。しかし、安城さんは花束を見るなり煙たがった。

「もしかして、生花は身体に害があったかな」

とわたしは心配した。

「花なんか好きじゃないねえ。手入れが面倒でならない。それはあんたが持って帰るとして、面会に来たからには話の一つでもしていきな」

と安城さんはお決まりの台詞を言った。わたしは読み途中だったドストエフスキー『地下室の手記』を鞄から出した。

「ぼくは病んだ人間だ……ぼくは意地の悪い人間だ。およそ人好きのしない男だ。ぼくの考えでは、これは肝臓が悪いのだと思う」

安城さんは首を振った。わたしは小説をしまい、黙りこくった。

「話さない気？」

と安城さんは神妙な表情をした。しばらくの沈黙があった。彼女は呆れ果て、やれやれ、と溜息を吐いた。しかし、こうなることは予感していたらしかった。

「そういや、野良猫がスズメに飛び掛かって食べるのを見たよ」

と安城さんは言い、再び三分ほど沈黙した後、あの病院の中庭でさ、と彼女ははにかんだ。

「スズメがちゅんちゅん鳴きながら踊るように芝の上を跳ねるのを、一服しながら見ていたら、あんた、一瞬の隙にビクッと引きつりを起こして死んでいた。瞬き一つした合間に猫に首の骨を折られてねえ」

わたしは息絶えたスズメを想像した。自ら命に関する話題に切り込むとは意想外の進展だった。

「あたしは胸を打たれたねえ。スズメは無惨に苦しまずに済んだ。少なくとも、あたしにはそう見えた」

と安城さんはそこで一呼吸し、窮屈そうに顔をしかめて足を伸ばした。わたしは仄かに心に灯がともるのを感じた。

「今年の夏、初めて鳩の赤ちゃんを見たよ」

とわたしは会話を繋げた。彼女は少し驚いた顔をして、すぐにまた真剣な表情に戻った。

「レンタルビデオ屋の前でさ。小さな鳩なんて見たことなかったから、最初はなんだか解らなかった。何度も確認したんだ。あれは鳩の雛だった」

安城さんは口を尖らせて感慨深げに唸った。布団を隅に寄せ、枕をぽんぽん叩いた。灰色のストレッチパンツに、淡い緑色の病衣を着ていた。寝返りを打ち、がりがりに痩せた両足を折ったり、伸ばしたりした。

「鳩は、何処で卵を産んで育てているのやら。考えたことも気にしたこともなかったねえ」

そう口にした彼女の声は、もう鳩への関心は薄れているように感じられた。まるで集中力を失っているみたいに、身体を解した後は神経質に頭を撫でた。髪が生えてきたか確認していたのかもしれない。抗がん剤投与を終えて今や三週間が過ぎていた。

「あんた、考えたことはあるかい。あたしたちは、もしかしたら命をぞんざいに扱ってきたんじゃないかって、そう考えたことはあるかい？　あたしはね、白血病になって、そんな埒《らち》が明かないことで毎日、頭を捻る羽目になった。入院生活も長い。こっちの病院でさえ、沼の主みたいなもんだよ。でもねえ、こっちの方が遥かに人が死ぬ。二日に一人は命を落とす」

と安城さんは言い、一週間に一人は確実、と言い直した。

「生きたい人が、命を下さいって人がねえ。こんなうわ言、あんたはくだらないと思うだろうねえ」

わたしはかぶりを振った。安城さんはふっと乾いた笑い声を漏らした。顔を綻《ほころ》ばせると、あちこちに深いしわが寄った。

「この棟の十一階は精神科なんだよ。外科、内科の患者の多くは、精神科の患者は怯弱《きょうじゃく》な甘ったれと言う。根暗で仕様もない奴らだと。そう後ろ指を指す連中は双極性障害も、統合失調症も、多飲症も拒食症も病気だと認めない。歯牙にもかけない。非人間的な連中が化石みたいに居据わっている。あたしは赤恥をかいたねえ。命も、時間も無駄にして生きる気力がないなら、その命を代わりに大事にしてやるって人間がまだ掃いて捨てるほどいたなんて、白血病にかからなきゃ知りもしなかった。

十一階が満室だったとき、精神科の患者がこの階にいたんだよ。その子はねえ、用を足す以外はベッドから出ないし、カーテンも閉め切ったきり、面会者も訪れなかった。薄っぺらいカーテンの奥でひしひしと骨身に染みていたろうねえ。息を絞られるような冷めた空気を。病院は保健室じゃないんだよって誹謗中傷する笑い声を聞いていたろうから。廊下はやたらと声が響く。夜中に過呼吸を起こして別の階に移動した。排除されたと言うべきか。治療に専念しに来たはずが、此処もとんでもない地獄だった。今じゃ、自分は都合よく仮病を使っているんだって鵜呑みにしているはずだよ。あんたや須藤が良い例だ。自分をよく見てごらん。一日も持たず、あたしは仮病です、あたしは犯罪者ですって両手を挙げて叫んで暴れるだろうに。その子も、また可哀想な奴だった」

安城さんの眼に小粒の涙が浮かんでいた。不思議と涙はそこに留まり、流れ落ちなかった。

「あたしだって、そうさ。デイルームに行くことは滅多にない。あんたと精神病院で知り合ったことくらい、スッパ抜かれてんのよ。あたしは、わざと連中のはしたない顔に嘘を吐いてやったんだ。胸クソが悪いからさ。あたしはねえ、あんたや須藤とは違う。そう易々と惑わされないよ。あんたの話を聞いて、はっきり確信を得たんだ。あたしたちは命を粗末にしたことは、人生で、ただの一度もない」

安城さんは唇を震わせた。

「あんたも、あたしも命を重んじてきた。そこいらの人間より、ずっと命は大事にしてきた。現に、あたしたちはこうして生きている。二十四時間、三百六十五日、人格が壊れるくらい命のことしか念頭に浮かばなかったのに、こうして生きているんだ。心療内科に入り浸ったり、抗鬱剤を飲んだり、腕や足を切って自傷行為を繰り返しながら闘病生活を何十年間も送ってきた。いつか正真正銘の病を患ったとき、精神科の甘ったれは過ちだらけの人生を悔いて苦汁を嘗《な》めるだろうと連中は偉ぶるけど、そんなことを平気で言える残虐無道な連中こそ、血反吐《ちへど》を吐いて苦しめばいい。あたしじゃない。連中がよ。あたしに天罰なんか下らない」

辺り一面に張り詰めていた氷が溶けていくようだった。わたしは何も言わず、安城さんの膝に軽く手を添えた。非難もせず、かと言って不憫がるわけでもなく。君、わたしたちは、おそらく何にも増して、そういった類の情けや慈悲心を怖じ恐れて敏感に捉える質だから。

「あたしが言ったこと、よく覚えておきな。考えるんだ。その頑固な頭で目一杯、考えるんだねえ」

考える、とわたしは誓った。

「さあ、もういい加減、気が済んだろう。一つ、話をして聞かせて」

と安城さんは言った。

「安城さんになら、幾らでも」

とわたしは返した。安城さんはほくそ笑み、

「須藤が折り紙で手裏剣を二百余り折って、穴という穴に埋めた日のことを覚えているだろうねえ？」

と訊いた。わたしは眼を点にした。忘れるわけがない。しかし、安城さんがあの出来事を追懐して熱くなろうとは、君も思い掛けなかっただろう。あの真昼間は、患者も看護師も補助員も一様に電流を浴びたかのように錯乱状態で眼が血走っていた。角度を変えれば、もしや看護師や補助員の方が異常に見えたかもしれない。少なくとも、わたしには見分けが付かなかった。しかしだ。安城さんは一人、澄ました態度で腕を組み、団欒室の隅で悠々と静観していたのだ。わたしは頭をもたげたが、

「あのときの話が聞きたい」

と安城さんは言った。わたしは水を飲み、一呼吸置いた。

「昼食後だったね。須藤さんがガチャン部屋から出てきたのは。一日一時間だけテレビを観てもいい、と主治医から許可が下りていた。その前の週も数回、テレビを観に来ていたが、魂を吸われたような真っ青な顔をしていた。簡単な会話どころか挨拶を交わすことも困難で、眼の焦点も定まっていなかったし、看護師に手を握ってもらい、誘導され、背を押してもらわなければ、ソファに腰を据えることもできなかった。

わたしとあの子は、毎度の如く、部屋でゴロゴロしていた。そしたら、

『行けー、須藤！　走るんだ、この世の果てまで走るんだ！』

そう壮絶な叫び声がした。わたしもあの子も血相を変えて飛び起きた。あの子は読んでいた『あさりちゃん』を放り投げ、ドタバタいう足音が接近するので布団を盾に身を構えた。

須藤さんは床を滑る靴下の勢いを抑え、わたしたちの部屋の前で立ち止まった。白いブラジャーに水色のパンツという弾けた姿だった」

安城さんはくすっと息を漏らし、手で、続けて、と合図をした。わたしは続けた。

「白い病衣はサンタクロースの袋みたいに丸めて抱えていた。何か仰山詰めてあるら

しいのは解ったけど、さては大便じゃ、と疑り、わたしはギョッとした」

「そういや、大便を投げた男がいたね」

と安城さんは懐かしがった。

「巨人症の手塚さん。今となってはまるで故郷に想いを寄せるようなノスタルジーさえ感じてしまうけど、須藤さんも大便を撒《ま》き散らす気か、と咄嗟に疑ったあの刹那は、尋常ではない嫌な汗をかいた。須藤さんはげっそりと頬がこけ、カマキリのような大きな瞳でぎろっと睨みを利かせた。あの子は女子寮に来たばかりで蛇に睨まれた蛙みたいに硬直していた。放心状態だった須藤さんをあの子は見たことがあったけど、正式に御対面するのは初めてだった。あっ、と須藤さんは急にあの子に気付き、

『ぺちゃぱい！』

と怒号した。そして、少しも悪びれず、しれっと病衣に手を突っ込み、緑色のものを扉の小窓に挟んで走り去った。

『あんた、ぺちゃぱいだってさ！』

とそこで安城さんがひょいと現れ、意地の悪い馬鹿笑いをした」

確かに、と安城さんは反省するように眼を瞑った。

「あの子は涙目で顔を真っ赤にして、両手で胸を隠した。安城さんの背後を殺気立っ

た男たちが転がるように走り過ぎた。

『短距離競走でもしてるの？』

とわたしは安城さんに訊いた。四方八方から悲鳴のような歓声が湧いていた。安城さんは何も教えてくれないし、わたしはじりじりしてベッドを下り、小窓に挟まっていた緑色のものを引っこ抜いた。

『手裏剣だ』

とわたしは折り紙の手裏剣をあの子にも見せた。普段は巣穴に籠っているはずの患者まで次から次にぞろぞろと群がり始め、またその群に体当たりで挑むように全力疾走する者とで、蜂の巣をつついたような大騒ぎだった。男女区別なく押し寄せ、床に落ちた手裏剣を我れ先とあちこちに挟んだ。

『イギリス人だ！　イギリス人が攻勢を仕掛けて来たぞ！　大砲を持っている。走れ！　走るんだ、須藤』

とニーチェというあだ名の男が熱くなって叫び、するりと補助員をかわした。わたしは通路へ出て、正面の部屋の小窓に手裏剣を挟んだ。

『あんたらも手伝ってあげたら？』

と安城さんはご満悦そうに団欒室の方へ姿を消した。

『手伝おうよ』

とわたしはあの子を誘った。あの子も雰囲気に呑まれて合意し、わたしたちも団欒室へ急いだ。扉の隙間、公衆電話の穴という穴、漫画本や雑誌の間、ソファの凹み、ティッシュボックス、ご意見箱、ナース・ステーションの鍵穴、手裏剣の先が刺さる所なら何処にでも手裏剣が埋められていた。

『来襲だ、来襲だ！』

と匍匐《ほふく》前進する女を跨ぎ、団欒室の中央で優雅にくるくる回転していた山根さんの肩を小突いて挨拶した。山根さんはくたくたのロングTシャツに、お気に入りの白いジーンズを穿いていた。

『やっぱり、そのジーンズが一番似合うや』

とわたしは恒例の褒め言葉を口にした。百回は褒めたと思うけど、山根さんは覚えていない。しかし、彼女は珍しく啞然としていて、ジーンズを何処で買ったとか、お兄さんがお金を出してくれたとか、そんな話はしなかった。バレリーナが踊るオルゴールのように両手を高々と上へ伸ばし、爪先立ちで回り続けた。わたしはあの子の手をつかみ、もう片方の手で山根さんをつかまえた。山根さんの瞳が煌めいて、

『一緒に回りましょう』

と奥ゆかしく微笑んだ。わたしたちはフォークダンスするみたいに踊った。山根さんの白髪交じりの髪も楽し気に揺れていた。太っちょの竹内さんも、冬眠から目覚めた熊みたいにそろりそろりとふくよかなお尻を左右に振りながらやってきた。男子寮から脱出した一団がいたのでみんなより出遅れたが、分厚い眼鏡の奥は爛々と輝き、口角も上がっていた。竹内さんは男の声が聞こえないように、しっかり両耳に耳栓をしていた。吉田ママは最初から団欒室にいたようだ。届いたばかりの新聞を膝の上にかき集めて、飲食店の割引券を切り抜いていたが、わたしも混ぜて、と繋いだ手の下をくぐり、輪の真ん中で妙ちくりんなダンスを披露した。みんなの瞳は光り輝いていて信じられないほど幸せだった。他でもなく須藤さんの奇想天外な発想から生まれた賜物だ。断じて部屋から出て来なかった初見の患者も見かけた。須藤さんがおびき寄せたのだ。それも、実は彼ら、彼女らが潜在能力を秘めていたみたいに各々の力で、自発的にさ。担当医や看護師が、起きないなら火炙りにしてやるとでもいうような脅しを並べても成し得なかったことだ。どんな薬も、カウンセリングも敵わなかった難題を、須藤さんは連中の前でまんまと遣《おお》り果せた。山根さんが大勢に囲まれて罵声を飛ばさないのも、何もかも奇跡だった。いける。これなら生きられる、わたしはそう確信した。

『そうだ、走れ、須藤！』

山根さんは檄を飛ばした。あの子も声援を送った。須藤さんは一つ残らず手裏剣を病棟中の隙間に埋めてしまうまで止まらない。いや、止まってはならなかった。

『ここは任せろ！』

とニーチェは須藤さんの護衛に付いた。主任は補助員の男たちに何か呟き、指令を受けた補助員たちは走り狂う須藤さんを囲もうと脇を絞って身を固めた。匍匐前進していた女は補助員の足に巻き付き、噛み付く仕草をして威嚇した。しかし、多飲症で肥えた腹が邪魔をして肩透かしを食わされた。

『えい、えい』

とめげずに女は這いつくばり、短い腕を懸命に伸ばして苦戦しながらごろんと身を転がした。巨人症の手塚さんも得意の犬の真似をして吠え、ゴングを鳴らすように自分の頭を殴りまくった。主任は手塚さんが憎悪と嫌悪とを抱く赤いヘルメットをちらつかせ、彼を捕らえようとした。それで激怒した手塚さんは机に飛び乗り、わざと天井に頭をぶつけてやった。主任は笑い種にされ、遂に憎悪を剝き出しにし、ヘルメットを持った手がわなわな震えていた。

そんな混乱の最中、安城さんは窓際に立ち、騒動の一部始終を拱手《きようしゆ》傍観していた。

かえって異常だった。無感動に両腕を組んだきり、そこから一ミリも動く様子はなかった。退屈そうでも、呆れた風でもないが、安城さんはあくまでも蚊帳《かや》の外、無関係でいた。

『やめてくれ、やめるんだ！』

とニーチェは絶叫した。ニーチェにも、須藤さんにも補助員が二人掛かりで襲い掛かり、羽交《はが》い締めにした。匍匐前進していた女は、ニーチェを援護しようと詰め寄ったが、主任にきつと睨まれて隅でおろおろ縮こまってしまった。

『やめるんだ、いい加減にしてくれ、今すぐ、ぼ、ぼくたちを解放しろ、で、でないと爆発する。頭が爆発して、病院が、ふ、ふっ飛ぶぞ』

とニーチェは肩で烈しくむせび泣いた。

『放しなさいよ！』

と山根さんは怒鳴った勢いがついて床にペッと唾を吐いた。あれほど猛り狂っていたみんなの足が油が切れたように止まった。主任も次の動作には慎重だった。物騒がしいのは補助員の男たちだけで、それも患者が一丸となって守ろうとしている須藤さんの両足を持ち上げ、ナース・ステーションの鉄の扉へずるずると引きずっていたのだ。あの子は衝撃を受けていた。ガチャン部屋に連行される患者を初めて目の当たりにしたのだ。それだけでも恐怖感を煽られるはずだが、須藤さんがまた病棟から引き離されてしまう。そんな残忍酷薄なことが目の前で起こっていた。

『お願い。わたしのことを忘れないで』

と須藤さんは叫んだ。

『わたしは此処にいるの。ねえ、いくら見えなくたって、わたしは此処にいるんだから！』

須藤さんは手探りで土を掘り返すみたいに小さく抵抗しながら一人一人の顔を藁にもすがるように見詰めた。

『忘れないよ』

とあの子はくぐもった声で呟いた。須藤さんはあの子の声をちゃんと拾った。顔をくしゃくしゃにして一瞬、笑ったのだ。それで最後の力が尽きたようだった。須藤さんは脱力し、憔悴した面持ちで床を引きずられ、とうとう鉄の扉をくぐり、ナース・ステーションの奥のガチャン部屋へ連れて行かれた。

団欒室に残されたわたしたちは戸惑い、混乱し、息が詰まって涙した。まるで親とはぐれた子供みたいにみすぼらしく突っ立っていた。山根さんも当惑を眼に浮かべて棒立ちだった。あの子は部屋の隅へ逃げて、そこで隠れて泣いていた。口を切ったのはニーチェだった。

『いつか――』

とニーチェは洟《はな》をすすり、声を振り絞った。

『いつか、こ、ここから芸術家が生まれる。いつか、いつか、ここにいる誰かは詩を書いて唄うだろう。絵、絵を描いて、個展を開くかもしれない。いつか、いつか外の人間たちは、ぼ、ぼ、ぼくたちの唄を聴く。外界の人間どもは、ぼくたちを無視できなくなる。そうだろう、主任。誰かは作家になって、今日のことを書く。そしたら外の人間どもは、ぼ、ぼくたちの物語を読む。ぼ、ぼ、ぼくたちの物語を！　聞いているか、主任！　そ、そしたら、い、いつかぼくは、ぼくたちは――』

ニーチェの口元に白い泡ぶくがたっていた。

『そ、そんな日が来るかもしれない。いや、来るんだ。その日は必ず来る！　そ、そうだろう、主任』

天井に頭をぶつけていた手塚さんもダンゴムシのように丸まって聞いていた。あの子は慟哭《どうこく》し、吉田ママも、耳栓をしていたはずの竹内さんもうめき声を上げていた。ニーチェは最後まで競り合った。光を注いでくれたのだ。わたしたちは、その日、多くの雄姿を見た。同じ精神病棟で療治する同志のなかに、そして図らずも、自分たちの心にまで」

話した通り、安城さんは遠目から見物していただけだった。しかし、安城さんはわたしのその言葉を否定した。

「あんたは、ちゃんと見ていなかった。須藤はガチャン部屋にいたのに、どうやってあの大量の折り紙を入手できたと思う？」

と不敵な笑みをたたえ、わたしの驚く様を眺めて、しきりに頷いた。

「須藤がテレビを観に来たとき、折り紙を病衣に仕込んだんだよ。ガチャン部屋ってのは、躁状態に陥った患者を隔離して、強制的に鬱状態に落とす役割も持つからねえ。須藤は自分が人間だってことも覚えていなかった。あいつが折り紙をどう使うか、あたしはそこまで関与していない。けど、あたしが言いたいのは、そういうことよ」

と安城さんは意味深に沈黙した。沈黙すれば、わたしが残りの文章を組み立てて、安城さんの考えを汲み取るとでもいう風に。無論、沈黙から示教を仰げれば理想的だった。無闇に苦労することもない。しかし、沈黙は余白を残しただけだった。文章と文章の間は空白のまま永遠に埋まらない。わたしは惨めな顔で、安城さんを見詰めた。

「あんたは、ここへ来て、あたしに色々な話をした。忘れていたこと、忘れようとしていたことも。あんたも、今は須藤と同じ。折り紙を手にしたんだ。あんたが気付いていなくても。あたしも、あんたから折り紙を受け取った」

と安城さんは言った。途端にまるで階段を踏み外したときのような、あの寒気がした。

「東京のはずれだけどね、アパートを見つけたんだよ」

とわたしは藪《やぶ》から棒に言った。

「そこに、みんなを招待するつもりでね。あの子にも直に手紙を出す。元気でやっているみたいなんだ。それから須藤さん、吉田ママ、竹内さん、山根さんも来る。夜中の集会も、その為だった。退院後、みんなで同じアパートに転居する為のね。安城さんにも是非、来て欲しいな。外来のときは、わたしが車を出す。車椅子用の自動車を拝借しよう。役所に申請すれば最安値で手配できる。いずれみんなも集まれば、安城さんは食事だって作らなくて済む。毎日読書して、絵を描いてさ。なんてったって東京のはずれだから山と川しかない。家賃も驚愕の値段だよ。ねえ、来てくれるでしょう？　きっといい楽園になる。安城さんは何もしなくていいんだ」

安城さんはなんとも言い難い顔で、こちらをちらと見やった。軽蔑したろうかと不安が過ぎったけど解らない。どうとも言えない顔をしているのだから。

「あんたとは二度と会わない」

と安城さんは今度こそ、はっきりと言い切った。わたしはそれ以上、彼女の顔を見ていられなかった。

「そんな面白くもない冗談は聞きたくないよ」

とわたしは言った。折角、再会できたのだ。また離れる意味はない。確かに須藤さんのように折り紙を貰ったかもしれないけど、どう使えばいいのか解らないし、何よりも安城さんの存在がわたしの生きる糧となる。

「あんたは、もう決してあたしを忘れたりなんかしない」

と安城さんは言った。俄かに抱いていた期待が窄《すぼ》み、わたしは失望した。

「酷い人だ。安城さんの心はとうに決まっていたんだ。初めて電話で話したときから、こうなることは決まっていた。そうなんでしょう？」

当然じゃない、と安城さんは笑い、わたしは惨めな顔を上げた。

「いい、人間ってのは、人の話なんか時間が経てば、少しずつ忘れていくもんさ。けど、自分の話を聞いてくれた人のことは、絶対に忘れない。あんた、糸電話の話をしたねえ。あんたと由香に話をした赤の他人だって、二人のことは覚えているはずだよ。もしかして、あんたらは誰かの恩人かもしれない」

安城さんはどこか吹っ切れたような物言いをし、

「そういうもんさ。ねえ？　あたしは、あんたの中で生きる。由香みたいに死ぬことはない。あんたの親より長生きするかもしれないよ。いかんせん、あんたは、あたしの死に顔を拝むこともなければ、葬式にだって来ないんだからねえ。あたしは不死身になるんだよ」

と笑った。君、安城さんには秘し隠したけど、由香が亡くなった後、最初の数週間は毎日夢に現れた。徐々に夢に見る頻度は減るものの、やはり週に幾らかは現れた。夢の中で由香はわたしのくだらない物語に赤ペンを入れた。やっと彼女にも読んでもらえたのだ。わたしはしばしば悲鳴を上げ、そこは大事な箇所なんだ、あとちょっと時間に猶予をくれたら直す、と懇願した。彼女は編集長さながら、だろうと思ったよ、じゃ、書き直して来い！　と小粒の歯を見せて、くすくす笑った。そうやって二人で幾度も手直ししながら、磨き上げていった。でも次第に、彼女の日本語が妙に訛《なま》り始めた。わたしは気付かない振りをした。更に数週間が経ち、次は彼女の声が、な、な、な、と壊れたカセットテープみたいに途切れた。わたしは性懲りもなく、素知らぬ振りをしてその場をしのいだが、どういうわけか彼女は韓国語を喋り出し、続いて英語も喋った。ポルトガル語も、タガログ語も、ドイツ語も、フランス語も、イタリア語も、ヒンディー語も、タイ語も。わたしは憤慨した。ちゃんと日本語を喋れよ、と頬を思い切り引っ叩いてしまった。わたしが彼女の言葉を理解することは無くなった。彼女は最終的に数学を喋ったのだ。数学がどんな言葉かなんて訊かないでくれよ。これはわたしの夢だから、わたしにはなんでも解るようになっている。ただそれだけなんだ。数学は世界共通言語、この世の全て、宇宙の全てだ。夢から目覚めて、わたしは泣き狂った。由香は、本当に逝ってしまった。全ての言語を習得し、言葉なんか必要ないところまで。その日を境に、生前の由香の顔を思い出すのはひどく困難になった。お通夜に行き、お葬式にも出席し、幾度も重ねて彼女の死に顔を見たからだ。頭を捻らなければ、モザイクがかかったみたいにうろ覚えなんだ。もし死に顔を見なければ、由香は夢の中で日本語を喋り、くすくす笑い、自転車を走らせ、坂道を下り、絵を描き、洋服を汚し、わたしの物語を読み、涼しげな眼をしていた、と悔恨を感じずにはいられなかった。

「不思議だな」

とわたしはかすかに笑った。

「安城さんとわたしは似通った者同士だというのに、あの頃は何故か気付けなかった」

「馬鹿ねえ。ちっとも似てないわよ」

と安城さんはすかさず言い、少なくともあの頃はまだ、と付け足した。

「さ、これ以上話していたら、あんた、大事なこと全部忘れちゃうよ」

「大丈夫。忘れないよ」

「そうかい。なら訊くけど、あの子から連絡は来なかったんだろう？」

「来たよ」

とわたしは嘘を吐いた。

「なんて？」

「だから、元気にしているってさ」

「嘘つけ。あの子から連絡が来ていたら、あんたは、あたしに会わなかった。おっと、ムキになるんじゃないよ。現に、あんたは年がら年じゅう、あの子の尻尾を追いかけてたじゃないか。あの子は、あんたに似て弱気で臆病だから、何をするにも心の準備にえらく時間が掛かる。あの子に会いたいなら気長に連絡が来るまで待つんだねえ。心配しなくても、何処かで生きてるよ。人は、そう簡単に死なない。あたしは、今更そんなことが解るようになった。さあ、うだうだしてないで。もう帰んな」

わたしは鞄を拾い、簡易椅子を折り畳んで元の位置に立て掛け、いつまでも途方に暮れたように突っ立っていた。その間に、安城さんは背を向けてしまった。

「わたしは、安城さんに色々なことをして、色々なことを言った。てめえの母ちゃんのまんこに帰れだとか、そういうことを——」

安城さんはくすっと笑い、頭をこちらへ傾けた。

「あのときは本心だった。けど、もう違う。嬉しいんだ。安城さんと二度も会えたことが。とても嬉しい。生きていて、本当に良かった」

安城さんは頷いた。彼女の笑顔をできるだけ長く網膜に焼き付けておきたかったけど、わたしはついに背を向け、カーテンを開いた。

「それじゃ、また明日ね」

とわたしは言った。

「また明日」

と安城さんも言い返した。わたしは病室を後にし、ナース・ステーションの前を横切り、デイルームを尻目にエレベーターホールに出た。ボタンを押したところで膝ががくがく震えて床にへたり込んでしまった。気が遠くなり、目の前がぐらついて、悪い夢だったのか、現実なのか、わたしを取り巻く世界はあやふやになっていくようだった。涙で視界に光が走り、何も見えなかった。

☽

由香の家に電話を掛けたときには、彼女は既に精神病院にいた。欠かさず手紙を書いたけど、返事が届いたことはなかった。月に二度、二時間ほど電車に揺られ、最寄り駅から更に二十五分バスに乗り、彼女に会いに出掛けた。わたしたちは殺風景な中庭に出て、自販機で缶珈琲を買い、適当に空いているベンチに腰掛けた。外出許可は下りていなかったから、面会者が来でもしなきゃ、彼女は外へ出て風を浴びることも許されなかった。しかし、わたしの顔を見ても喜ぶ気配はなく、冷やかに礼儀を弁《わきま》えたような眼をして、ほとんど義務的にベンチに腰を据え、わたしの虚しい手から缶珈琲を受け取った。わたしは彼女の隣に座り、にこりと笑いかける他、どうすべきなのか皆目解らなかった。遠くの山は頭に帽子を被ったように雪が積もっていて少し霧がかかっていた。彼女は缶珈琲を右手に握りしめ、中身の重さを量った。ものの五分で飲み干して病棟に戻る日もあったし、一時間掛けて、ちびちび飲む日もあった。わたしは空缶を棄て、彼女を病室まで見送り、看護師に黙礼をし、いたたまれない気持ちでまた二時間以上かけて帰宅した。覇気のない彼女の姿を思い浮かべ、入浴を拒否するので脂でテカテカになった髪や赤いパーカーの下に着た薄いコットンのパジャマや、靴下も穿かずに素足に運動靴という格好で、寒さで乾燥して赤らんだ華奢な足首に、わたしは己の非力さを垣間見た。

あれは珍しく珈琲ではなくて売店の温かいミルクティーを飲みたいと言ったときだった。わたしは頼み事をされたのがたまらなく嬉しくて、ミルクティー二つ買うのにえらく張り切った後に、用意していたオレンジ色のマフラーを彼女の首に巻き、同色の手袋をはめた。彼女はぬくぬくとさも心地良さそうに唇をほころばせ、ありがとう、と笑うので、わたしは胸が一杯になるのを感じ、自分が被っていたニット帽を脱いで、風邪を引かぬように彼女に被せて耳まですっぽりと隠した。

彼女はミルクティーを一口飲み、背中を丸めて白い息を吐いた。わたしの耳の中に彼女の透き通った声が残り、こだました。わたしたちは時が止まったように寂とした山々や空を眺めた。この風景を描きたい？　と声が喉まで出掛かった。鉛筆や絵具の類は禁じられていた。彼女が描きたいと強く願っても、わたしが叶えてやることはできなかった。

「もう彼氏の一人や二人はいるんだろうね」

由香は冗談めかして微笑んだ。

「いんや。今は部活で忙しいんだ」

とわたしは嘘を吐いた。

「そう。でも、ファーストキスは済ませたんでしょう？　ね、どうだった？　どんな人？」

わたしは沈黙した。由香は、わたしが彼女に遠慮して気を遣っている、と言った。わたしは否定した。そうじゃない、気を遣っているんじゃないんだ、と。

「わたしが入退院を繰り返している間も、地球は回っているし、世界はどんどん発展していく。どう足掻いたってもう追いつけない。この紅茶を飲むので精一杯なの。これを飲み終えた頃には疲れ果てて、何時迄も延々と眠るの。明日になっても、きっとまだ起きれない。同じ歳の女の子は、みるみる大人になっていくのに。好きな人とキスをして、愛し合って」

「みんながそうってわけじゃない」

「どうしてそう言い切れるの？」

と由香は憂いを帯びた瞳でじっとこちらを見詰めるや否や、肩を落とし、

「でも、わたしにはその彼のこと話してくれないんだね」

と染み入るような寂しい声で言った。

その年の末、由香の一時帰宅が決まった。わたしたちは久々に鹿公園で遊び、帰り道に画材を買い足しに文房具屋へ寄って絵を描く約束をした。外泊が上手くいけば、また退院も見えてくる。復学は難しくても、通信教育でもなんでも活用できるものは駆使して高校卒業資格を取得し、いつか芸大に入学したら、同じ夢と志を持つ仲間と共に、好きなことをして生きられる。そうしたらば、彼女の瞳にも息を吹き返すような明るい色彩が甦るだろう。浅薄なる願いかもしれないが、わたしはそう望みを持って自転車に乗り、由香の家へ急いだ。しかし、わたしが彼女に会うことはなかった。

彼女はアナフィラキシーショックを起こして病院に搬送されていた。依って、表向きは不慮の事故ということで片付けられた。本気で信じている人はいない。いつの時代も人は見たいものを見るだけだった。

わたしは、由香がわたしにだけは手紙を残したはずだと信じた。何も言わずに死ぬわけない。しかし三日経っても、一週間が過ぎても郵便受けには両親宛ての通知や、

ピザ屋のチラシや、新規オープンした美容院の葉書が届くばかりだった。彼女は最期の時さえ、沈黙を貫いたのだ。

『人が沈黙しているときこそ、最も耳を傾けるべき瞬間なのかもしれないね』と彼女が呟くあの声がした。そして、手紙を諦めかけた頃、例のポラロイド写真が届いたのだ。中身は写真九枚。手紙は入っていなかった。

君にこうして書くまで、薬や煙草の量は相も変わらず、昼夜逆転した心細い生活を送っていたから、陽が差す時間ばかりが減り、毎夜、底知れぬ深い闇夜を彷徨いながら沿道に咲く淡い青紫色の紫陽花の花びらを気の済むまで数える。陽光と同様に、紫陽花の花びらも日に日に減っているようだった。しかし、君、すっかり書き切った今は、暴雨に煽られても逞しく生きるその命に心を突き動かされる。君や、須藤さん、吉田ママ、竹内さん、山根さん、それから安城さん。みんなは花や空の色を図らずもよく理解していたように思う。人生は一瞬で闇に閉ざされ、朽ちたりもするが、また一瞬で輝きもする。その繰り返しなのだ。

第七章

水曜日の日課だったピラティスのクラスで、右目が不自由な講師は外国の民謡を流し、クラスの終盤に近付くと、アロマエキスを数滴含ませた温かいおしぼりを配った。講師はそれを顔に被せるとリラックス効果が現れるので是非とも試してみて欲しい、と言った。君はおもちゃを与えられたみたいに喜び、早速おしぼりを二つ折りにして瞼の上に被せて、わっと花が咲いたような息を洩らした。

「ね、本当に気持ちがいいからやってみなよ」

と君は言った。わたしは応じなかった。おしぼりでも布切れでも、顔に被せると、刃物を背中に突き付けられたような戦慄が全身を駆け抜け、再びあの塾での惨痛を我が身に負うことになる。君はおしぼりを少し持ち上げて、どうして返事がないのかしら、と不安気な視線を投げかけた。しばらくわたしの表情を窺っていたが、急に何か素敵なことを閃いた眼付きで、わたしからおしぼりをかすめた。

「ね、わたしが此処にいるから。安心して眼を瞑ってごらんよ」

と君は言った。君は、わたしが暗闇を恐れて気を揉んでいると推察したらしかった。脇からかすめ取ったおしぼりを楽しそうに二つ折りにし、わたしの瞼の上にひどく優しい手つきで被せた。

「わたしの声が聞こえる？ ね、怖くない。独りじゃないよ。だって、わたしはずっと此処にいるんだもの」

君はまるでわたしの耳に種でも植えるように囁いた。わたしは一所懸命、君の声を捜した。一筋の光も差さない荒漠たる深淵の底に懐中電灯の明かりを当て、第六感を頼りに君の気配を捜すような心許ない作業に思えた。君の声をいくら掬《すく》い集めても、指の間を零れ落ちる砂の如く見失い、わたしは何度か大きな口を開けた落とし穴に転落した。一人では這い上がれなさそうだったのだが、君は飽きることなくわたしの名を呼んだ。

「ほらね」

と小鹿の耳でも摘まむようにわたしの手を、ぎゅっと握り締め、おしぼりを取り除《の》けた。わたしは上体を起こした。膝の間に顔を埋め、烈しく頷いた。講師は音楽を止め、後ろの列から順々におしぼりを回収し始めた。わたしが泣いていることを主任に告げ口されてしまったらどうしようと焦燥感に切羽詰まり、次から次へと溢れる涙と葛藤していると君は、とても素敵な曲だったから感動したみたいなの、と講師の耳に呟いた。おかげで帰り際、講師は快く内緒でCDを貸してくれた。わたしたちはイヤホンを片耳ずつ分け合い、Ulla Pirttijärvi というフィンランド、サーミ族のヨイクを聴いた。流麗な楽曲と溶け合うようにしなやかに伸びる歌声に、とても静かな力を感じた。言語こそ異なるが、彼女の素朴な口から発せられる言葉は、まるで多くの知識人や学者が泡を食いそうな真理なり強靱な意思なり、喜悦し、憂う魂の響きなりをそなえているようで、息が詰まるほど美しかった。『Máttaráhku Askái』、『De Juoiggas』、それから『Njuvččat bohtet』を初めて君と外出したときも聴いていた。彼女の歌を聴くと、わたしはいつも同じ幻想を抱いた。無機質な闇が蔓延《はびこ》る洞窟で、わたしは地面にひざまずき、生贄《いけにえ》を差し出すみたいに燃え滾《たぎ》る白い炎の中に己の魂を放り入れるのだ。炎は天井高く銀色の火花を散らし、何処か遠くから滴り落ちる水の音が波紋のように広がり、反響する。我が身が洗われる思いだった。やがて、わたしは洞窟を去る。眼を開き、現実に戻ると君は、おかえりと笑っている。そうすると、何時何時までも幸せでいられる予感がした。

入院して以来、初めての外出は、未知の世界へ身を投じるようだった。鉄の扉を幾つかぐり抜けて外気に晒されてしまえば、その先に何が待ち受けているのか皆目見当が付かなかった。逆さに吊るした兎の皮を剝ぐように皮膚が焼け剝がれ、自分の血肉を顧みる羽目に遭うかもしれない。随分長いこと陽光とは無縁の生活だった。散歩でもして来い、といざ言い付けられると、そう呑気に喜んでばかりいられなかった。しかし、君はわたしの隣でにこりと微笑み、手を差し出した。君は反対の手をドアノブに掛け、扉を開いた。薄いねっとりとした粘膜が身体に纏わりつくような凄まじい熱気だった。

「夏だ」

とわたしは驚嘆した。靴の裏で土を踏むと靴底が沈んだ。二歩、三歩、四歩と続け様に歩を進め、幾度も靴底が沈む感触を味わった。見て！　とわたしは感極まって、地面を指差したが、君は何を見れば良いのやら、ぼやっと困惑の色を浮かべて首を右に傾けた。

日陰のない駐車場に出た。蒸し暑いのは応えるが、夏を感じるいい汗を流した。眼を細めて空を見上げると、人差し指と中指の隙間から白く輝く太陽の輪郭を覗けた。そういや、君の肌もひどく白かった。とっくに外出許可を得ていたというのに滅多に病棟を出たがらなかったから。

しかし、その日の君はとても楽しそうに大空を見晴らしていた。果てしなく青い夏空は、君の心を涼しげな山奥へと揺さぶり、深く険しい谷へと冒険心を煽り、広大な川へと誘惑し、君はとうとう惹きつけられるように駆け出した。

「確か、あっちの方角に川があったと思う」

と君は小さく飛び跳ねながら道案内をしてくれ、わたしは後を追った。シャツを脱ぎ、靴を脱ぎ捨て、欲望のままに川へ飛び込んでしまえたら、どれほど幸福だろうかと胸が騒《ざわ》めいた。しかし、実際に着いてみるとがっかりするほど浅く、缶や空き瓶、電子レンジなどが不法投棄されており、雑草が手に負えないくらい生い茂っていた。無秩序、無法地帯といった風で、川水も当然汚れていた。わたしは肩を落としつつ、現実を受けとめたけど諦めの悪い君は意地になって靴下を脱ぎ、汚染された川に爪先を突っ込んだ。

「生温い」

と案の定、君は首を垂らした。うなだれる君に、サイダーでも飲もう、とわたしは促し、薄汚れた川沿いを十分ほどてくてく歩いてコンビニエンス・ストアを見つけた。長年の習慣というのは恐ろしく、シュワシュワしたものを渇望していたはずが、ふと気付けば由香とよく飲んだ銘柄の缶珈琲を買っていた。君はサイダーで十二分に喉を潤し、前にも寄ったことがあるという公園まで、視線の先で野鳥を追いかけ、脇道に転がっていた小枝でアスファルトを突いたり振り回したりしながらほとんど会話もなく歩いた。やがて、水の滴り落ちる音がした。わたしは、Ulla Pirttijärvi を聴く度に抱く幻想を想起して、音のする方へ急いだ。湧水が大きな石桶に溜まり、溢れた分がこぼれ落ちていた。わたしは缶珈琲を地面に置いて湧水を両手に掬った。汗ばんだ顔を洗い、シャツを捲って顔面を拭くと、

「やだ。お腹が丸見えだよ」

と君は軽蔑したように言った。

「折角、女の子に生まれたんだから道端でそんなことしないで、勿体ない」

「勿体ない？」

とわたしは訊き返した。

「でも、わたしは女に生まれたいって願った覚えはないよ」

「生まれたときから与えられた身体だから、その有難みをてんで理解していないのね」

と君は語気を強めて厳しい物言いをすると、素っ気なく歩き出してしまった。わたしは景色を眺めるのを止めた。代わりに眼の色を変えて、ネームバンドを取り外すの

に没頭した。

「こいつがあるせいで、外にいてもまだ首輪で繋がれているみたいで嫌なんだよ」

と誰にも訊かれていない言い訳をした。ぐいぐい引っ張るうちに、ネームバンドは手首からするっと抜けた。

「ああ罰金。病棟に戻ったら百円払わなくちゃね」

と君は嫌味を言い、サイダーを飲んだ。

「平気だよ。ゴムが伸びただけだから付け直せる」

とわたしはネームバンドをひらひら見せびらかし、ポケットにしまった。

君が話に聞かせてくれた公園には、滑り台やブランコなどの遊具はなく、ピクニック向きの緑豊かな広場とマラソンコースがあった。わたしたちは直射日光から逃れる為に木陰で寝そべることにしたけど、君はお尻が汚れるのを懸念して、芝生の表面を執拗に手で払った。土埃一つ許すまいというおっかない顔で隅々まで神経質に点検した。

「汚い川に足を突っ込んだくせに」

とわたしは苦笑した。

「明日の午後まで入浴出来ないから、せめてもの気持ちよ」

と君は眼を光らせて最後の一振りをし、ようやくわたしの隣に寝そべった。わたしはいつものように無言でイヤホンを差し出し、君も当たり前にそれを無言で受け取った。わたしたちはしばしの間、Ulla Pirttijärvi の美声に浸った。頭上高く野鳥が飛んでいた。雲は群青の空をそよぐ風に煽られて少しずつ形状を変え、自然の赴きと共に右へ右へと流れていった。日陰も右へ右へとずれていき、わたしたちもまた右へ右へと転がった。時間はゆったりと過ぎ去った。わたしは過ぎ去った時間のことを悲観的な心で捉えていなかった。君と土をいじくり回し、ぷちぷちと草むしりをした。手の平を返したら、乾いた草がぱらぱら落ちた。

「ね、一人だと気が引けたんだけど一緒に叫ばない？」

と君はその可愛らしい唇で呟いた。

「此処で？」

十メートルほど先でジャージ姿の男がベンチに片足を引掛けて身体を解すのを横目に、わたしは問い返した。

「病棟で叫んだら鎮静剤か、ガチャンでしょ？　でも、外なら安全だよ」

君は極めて爽やかな口調で、随分と痛烈な皮肉を放り込んだ。

「いつの間に、そんな大胆な発想する子になったの？」

「さあ。好戦的な方々に囲まれているせいかな。どうでも良くなっちゃった。赤の他人にどう言われても良い。みんなと一緒なら。どうせ、くだらない事だもん」

「人間から離れた生きものになったんだね。おめでとう。あとちょっとで怪物だ」

と薄笑いした矢先、君は絶叫した。わたしは思わず両耳を塞いで顔を歪めた。鼓膜に刺したストローまで破れそうな物凄い声だった。君は一呼吸分すべて叫び切り、赤ら顔で空になった肺に息をため込んでむせた咳をした。心配になって君の顔を覗き見ると、君は抱腹絶倒した。

「とっくに怪物！　散々、腫れ物扱いされてきたんだもの。いえ、腫れ物扱いだなんて優しすぎる表現ね。便所虫ぐらいにしか思われていなかった。わたしはあと一歩で、本当に人間になれる気がするの」

と君は人目をはばからずに再び叫んだ。尻込みするわたしを大仰に、腰を折って面白がった。遂にわたしにも火が付いた。深めの呼吸を取って絶叫した直後は眩暈がしたほどだったが、君にあっさり出し抜かれた。君は涙をぽろぽろ溢《こぼ》して笑うから、わたしも腹をよじり、膝を突き、ひくひく泣きながら大笑いした。君の小さく見開いた瞳は混乱と哀歓に翻弄されるように揺れ動いていた。涙がちっとも止まらないのだ。そのとき、君の後方にジャージ姿の男の影が映り込んだ。男はこちらを警戒しながら

木陰に紛れ、害意に狂った眼で電話の相手に何か怒鳴るように訴えていたのだ。わたしは尻を蹴飛ばされたように、

「逃げるぞ」

と立ち上がった。君は背後を見やり、すぐさま状況を飲み込んだ。サイダーを摑み取って、脱兎の如く走った。滅茶苦茶な泣き笑いをしていたせいで早々に横腹がきりきり痛み出して息切れした。

「駄目だ」

とわたしは腹を押さえてうろたえた。

「しっかり、病院まであと少しだよ」

と君も苦しそうな声で活を入れた。わたしは頷き、無心で君の背中を追いかけた。まるで由香とゴルフをしたときのような真夏の熱気の中を、母とラッシュアワーの群衆を駆け抜けた日々のように何十もの木々の間を通り抜けて病院を目指した。小人を探しに雑木林に潜り、無我夢中で目の前を遮る草をかき分けて、ひたすらに突き進んだ幾年幾日のように、ただ真っ直ぐ。時計の針が遡っていく、そんな気さえし始めていた。自我の芽生えや、小さな心臓が鼓動した瞬間、そして最初の一呼吸まで。わたしなど存在しない時まで。もっと走れば、このまま走り続ければ、救えたかもしれな

い幾多の命が息を吹き返すかもしれない。

「待って」

と君はわたしの腕をつかんだ。いつから、わたしは君の前を走っていたのだろう。頭の中が錯乱していた。頰を伝わる水滴が汗だったのか、涙だったのかも記憶になかった。

「さっきから何度も待ってって呼んだのに聞こえなかったの？」

と君は両手を膝に突き、ぜいぜい肩で呼吸をした。

「ね、見て。誰も追いかけて来ていないの」

君の言う通り、誰もいなかった。人影さえなかった。君のシャツが襟までぐっしょり濡れていた。嘘みたいに眩い陽光を直に受けた君の肌は馬鹿みたいに白くて、ね、と囁く君の声も馬鹿みたいに優しかった。君はわたしの顔を見て可笑しそうに笑った。わたしは一体どんな顔をしていたのだろう。

「わたし、もう叫ぶ必要はなさそう」

と君は言った。

「ね、わたしたち、こうやって生きていけたらいいな」

「こうやって？」

わたしは耳を疑った。

「こんな見窄《みすぼ》らしい恥晒しな一生を、今後も継続していきたいと?」

「そうよ。こんなにも見窄らしい恥だらけの人生でも」

君の頰が鮮やかな血の色に赤らんでいた。

「こうやって本当に壊れたり、時々はわざと故障したりしながら」

と君は何か甘いものを口に含んだような愛おしい口調で言った。

「そうこうしているうちに、息が詰まりそうなほど大切な人と出会うの。いずれ、また別れはやって来るかもしれない。いえ、きっとやって来る。その都度、ひどく絶望して、孤独に陥り、苦しいあまり、自死した方が余程良いように感じるかもしれない。人生は酷だもの。けど、それでいい。だって、またいつの間にかこんなに楽しい友達が傍にいるの。ね、わたしたち、そうやって一緒に生きていけたらいい」

わたしは沈黙した。返事するのを忘れ、呆然と立ち尽くしていた。わたしは君を見詰め、君はわたしを見詰めていた。胸の内に狂おしいほどの痛みを感じた。それ以上は眼を開いていることができなかった。わたしはずっと悔いていたのだ。あまりに臆病で口にできなかった数々の言葉を。黙殺と決めてしまった数々の言葉が蘇り、わたしは胸の痛みに喘いだ。そして、やっとの思いで、わたしは頷いた。

「生きよう。いつまでも。こうして君と一緒に生きていこう」

引用文献　カリール・ジブラン『預言者』船井幸雄監訳、成甲書房
ドストエフスキー『地下室の手記』江川卓訳、新潮文庫

本書は二〇二〇年九月に小社より単行本として刊行されました。

|著者|崔 実（チェ・シル） 1985年生まれ。2016年『ジニのパズル』で第59回群像新人文学賞を受賞し、デビュー。同作は第155回芥川賞候補となり、第33回織田作之助賞および第67回芸術選奨文部科学大臣新人賞を受賞。

pray《プレイ》 human《ヒユーマン》

崔《チエ》 実《シル》

2022年９月15日第１刷発行

発行者――鈴木章一
発行所――株式会社　講談社
東京都文京区音羽2-12-21　〒112-8001
電話　出版（03）5395-3510
　　　販売（03）5395-5817
　　　業務（03）5395-3615

Printed in Japan

講談社文庫

定価はカバーに
表示してあります

KODANSHA

デザイン―菊地信義
本文データ制作―講談社デジタル製作
印刷―――株式会社KPSプロダクツ
製本―――株式会社国宝社

ISBN978-4-06-528614-2

講談社文庫刊行の辞

二十一世紀の到来を目睫に望みながら、われわれはいま、人類史上かつて例を見ない巨大な転換期をむかえようとしている。

世界も、日本も、激動の予兆に対する期待とおののきを内に蔵して、未知の時代に歩み入ろうとしている。このときにあたり、創業の人野間清治の「ナショナル・エデュケイター」への志を現代に甦らせようと意図して、われわれはここに古今の文芸作品はいうまでもなく、ひろく人文・社会・自然の諸科学から東西の名著を網羅する、新しい綜合文庫の発刊を決意した。

激動の転換期はまた断絶の時代である。われわれは戦後二十五年間の出版文化のありかたへの深い反省をこめて、この断絶の時代にあえて人間的な持続を求めようとする。いたずらに浮薄な商業主義のあだ花を追い求めることなく、長期にわたって良書に生命をあたえようとつとめるところにしか、今後の出版文化の真の繁栄はあり得ないと信じるからである。

同時にわれわれはこの綜合文庫の刊行を通じて、人文・社会・自然の諸科学が、結局人間の学にほかならないことを立証しようと願っている。かつて知識とは、「汝自身を知る」ことにつきていた。現代社会の瑣末な情報の氾濫のなかから、力強い知識の源泉を掘り起し、技術文明のただなかに、生きた人間の姿を復活させること。それこそわれわれの切なる希求である。

われわれは権威に盲従せず、俗流に媚びることなく、渾然一体となって日本の「草の根」をかたちづくる若く新しい世代の人々に、心をこめてこの新しい綜合文庫をおくり届けたい。それは知識の泉であるとともに感受性のふるさとであり、もっとも有機的に組織され、社会に開かれた万人のための大学をめざしている。大方の支援と協力を衷心より切望してやまない。

一九七一年七月

野間省一

篠原美季
古都妖異譚
〈玉手箱～シール オブ ザ ゴッデス～〉
その店に眠っているのはいわくつきの骨董品《こっとうひん》ばかり。スピリチュアル・ファンタジー！

武内 涼
謀聖 尼子経久伝
〈瑞雲の章〉
山陰に覇を唱えんとする経久に、終生の敵が立ちはだかる。「国盗り」歴史巨編第三弾！

丹羽宇一郎
民主化する中国
〈習近平がいま本当に考えていること〉
日中国交正常化五十周年を迎え、巨大化した中国と、われわれはどう向き合うべきなのか。

平山夢明
宇佐美まこと ほか
超怖い物件
土地に張り付いた怨念は消えない。実力派作家による、「最恐」の物件怪談オムニバス。

谷口雅美
殿、恐れながらリモートでござる
仮病で江戸城に現れない殿様を引っ張り出せ。痛快凄腕コンサル時代劇！〈文庫書下ろし〉

嶺里俊介
だいたい本当の奇妙な話
創作なのか実体験なのか。頭から離れなくなる怖くて不思議な物語11話を収めた短編集！

横関 大
誘拐屋のエチケット
無口なベテランとお人好しの新人。犯罪から生まれた凸凹《でこぼこ》バディが最後に奇跡を起こす！

赤神 諒
立花三将伝
立花宗茂の本拠・筑前には、歴史に埋もれた感動の青春群像劇があった。傑作歴史長編！

崔《チエ》 実《シル》
pray《プレイ》 human《ヒューマン》
注目の新鋭が、傷ついた魂の再生を描く圧倒的感動作。第33回三島由紀夫賞候補作。